Simone de Beauvoir

L'âge
de discrétion

Gallimard

Ce texte est extrait de *La femme rompue* (Folio n° 960).

Simone de Beauvoir a écrit des Mémoires où elle nous donne elle-même à connaître sa vie, son œuvre. Quatre volumes ont paru de 1958 à 1972 : *Mémoires d'une jeune fille rangée*, *La force de l'âge*, *La force des choses*, *Tout compte fait*, auxquels s'adjoint le récit de 1964, *Une mort très douce*. L'ampleur de l'entreprise autobiographique trouve sa justification, son sens, dans une contradiction essentielle à l'écrivain : choisir lui fut toujours impossible entre le bonheur de vivre et la nécessité d'écrire. D'une part la splendeur contingente, de l'autre la rigueur salvatrice. Faire de sa propre existence l'objet de son écriture, c'était en partie sortir de ce dilemme.

Simone de Beauvoir est née à Paris le 9 janvier 1908. Elle fait ses études jusqu'au baccalauréat dans le très catholique cours Desir. Agrégée de philosophie en 1929, année où elle rencontre Jean-Paul Sartre, elle enseigne à Marseille, à Rouen et à Paris jusqu'en 1943. *Anne, ou quand prime le spirituel* est achevé bien avant la guerre de 1939 mais ne paraît qu'en 1979. C'est *L'invitée* (1943) qu'on doit considérer comme son véritable début littéraire. Viennent ensuite *Le sang des autres* (1945), *Tous les hommes sont mortels* (1946), *Les mandarins*, roman qui lui vaut le prix Goncourt en 1954, *Les belles images* (1966) et *La femme rompue* (1967).

Outre le célèbre *Deuxième sexe*, paru en 1949 et devenu l'ouvrage de référence du mouvement féministe mondial, l'œuvre théorique de Simone de Beauvoir comprend de nombreux essais philosophiques ou polémiques, *Privilèges* (1955), par exemple, réédité sous le titre du premier article *Faut-il brûler Sade ?*, et *La vieillesse* (1970). Elle a écrit, pour le théâtre, *Les bouches inutiles* (1945) et a raconté certains de ses voyages dans *L'Amérique au jour le jour* (1948) et *La longue marche* (1957).

Après la mort de Sartre, Simone de Beauvoir publie *La cérémonie des adieux* (1981) et *Lettres au Castor* (1983), qui rassemble une grande partie de l'abondante correspondance qu'elle reçut de lui. Jusqu'au jour de sa mort, le 14 avril 1986, elle collabore activement à la revue fondée par elle et Sartre, *Les Temps modernes,* et manifeste sous des formes diverses et innombrables sa solidarité totale avec le féminisme.

Ma montre est-elle arrêtée ? Non. Mais les aiguilles n'ont pas l'air de tourner. Ne pas les regarder. Penser à autre chose, à n'importe quoi : à cette journée derrière moi, tranquille et quotidienne malgré l'agitation de l'attente.

Attendrissement du réveil. André était recroquevillé sur le lit, les yeux bandés, la main appuyée contre le mur, dans un geste enfantin, comme si dans le désarroi du sommeil il avait eu besoin d'éprouver la solidité du monde. Je me suis assise au bord du lit, j'ai posé la main sur son épaule. Il a repoussé son bandeau, un sourire s'est dessiné sur son visage ahuri.

— Il est huit heures.

J'ai installé dans la bibliothèque le plateau du petit déjeuner ; j'ai pris un livre reçu la veille et déjà à moitié feuilleté. Quel ennui toutes ces rengaines sur la non-communication ! Si on tient à communiquer on y réussit tant bien que mal. Pas avec tout le monde bien sûr, mais avec deux ou trois personnes. Il m'arrive de taire à André des humeurs, des regrets, de menus soucis ; sans doute a-t-il lui aussi ses petits secrets, mais en gros nous n'ignorons rien l'un de l'autre. J'ai versé dans les tasses du thé de Chine très chaud, très noir. Nous l'avons bu en parcourant notre courrier ; le soleil de juillet entrait à flots dans la pièce. Combien de fois nous étions-nous assis face à face à cette petite table, devant des tasses de thé très noir, très chaud ? Et de nouveau demain, dans un an, dans dix ans... Cet instant avait la douceur d'un souvenir et la gaieté d'une promesse. Avions-nous trente ans, ou soixante ? Les cheveux d'André ont blanchi de bonne heure : jadis, cela semblait une coquetterie, cette neige qui rehaussait la fraîcheur mate de son teint. C'est encore une coquetterie. La peau a durci et s'est fendillée, du vieux cuir, mais le sourire de la bouche et des yeux a gardé sa lumière. Malgré les démentis de l'album de photographies, sa jeune image se plie à son visage d'aujourd'hui : mon regard ne lui connaît pas d'âge. Une longue vie avec des rires, des larmes, des colères, des étreintes, des aveux, des silences, des élans, et il semble parfois que le temps n'ait pas coulé. L'avenir s'étend encore à l'infini. Il s'est levé :

— Bon travail, m'a-t-il dit.

— Toi aussi : bon travail.

Il n'a pas répondu. Dans ce genre de recherche, il y a forcément des périodes où on piétine sur place ; il s'y résigne moins aisément qu'autrefois.

J'ai ouvert la fenêtre. Paris sentait l'asphalte et l'orage, écrasé par la lourde chaleur de l'été. J'ai suivi des yeux André. C'est peut-être dans ces instants où je le regarde s'éloigner qu'il existe pour moi avec la plus bouleversante évidence ; la haute silhouette se rapetisse, dessinant à chaque pas le chemin de son retour ; elle disparaît, la rue semble vide mais en vérité c'est un champ de forces qui le reconduira vers moi comme à son lieu naturel ; cette certitude m'émeut plus encore que sa présence.

Je suis restée un long moment sur le balcon. De mon sixième, je découvre un grand morceau de Paris, l'envol des pigeons au-dessus des toits d'ardoise, et ces faux pots de fleurs qui sont des cheminées. Rouges ou jaunes, des grues – cinq, neuf, dix, j'en compte dix – barrent le ciel de leurs bras de fer ; à droite, mon regard se heurte à une haute muraille percée de petits trous : un immeuble neuf ; j'aperçois aussi des tours prismatiques, gratte-ciel fraîchement bâtis. Depuis quand le terre-plein du boulevard Edgar-Quinet est-il devenu un parking ? La jeunesse de ce paysage me saute aux yeux : et pourtant je ne me rappelle pas l'avoir vu autre. J'aimerais contempler côte à côte les deux clichés : avant, après, et m'étonner de leurs différences. Mais non. Le monde se crée sous mes yeux dans un éternel présent ; je m'habitue si vite à ses visages qu'il ne me paraît pas changer.

Sur ma table, les fichiers, le papier blanc m'invitaient à travailler ; mais les mots qui dansaient dans ma tête m'empêchaient de me concentrer. « Philippe sera là ce soir. » Presque un mois d'absence. Je suis entrée dans sa chambre où traînent encore des livres, des papiers, un vieux pull-over gris, un pyjama violet, cette chambre que je ne me décide pas à transformer parce que je n'ai pas le temps, pas l'argent, parce que je ne veux pas croire que Philippe ait cessé de m'appartenir. Je suis revenue dans la bibliothèque qu'embaumait un gros bouquet de roses fraîches et naïves comme des laitues. Je m'étonnais que cet appartement ait jamais pu me paraître désert. Rien ne manquait. Mon regard se caressait aux couleurs acides et tendres de coussins éparpillés sur les divans ; les poupées polonaises, les brigands slovaques, les coqs portugais occupaient sagement leurs places. « Philippe sera là... » Je suis restée désemparée. La tristesse, on peut pleurer. Mais l'impatience de la joie, ce n'est pas facile à conjurer.

J'ai décidé d'aller respirer l'odeur de l'été. Un grand nègre vêtu d'un imperméable bleu électrique et coiffé d'un feutre gris balayait avec nonchalance le trottoir : avant, c'était un Algérien couleur de muraille. Boulevard Edgar-Quinet je me suis mêlée à la cohue des femmes. Comme je ne sors presque plus le matin, le marché me semblait exotique (tant de marchés, le matin, sous tant de ciels). La petite vieille clopinait d'un étal à l'autre, ses mèches bien tirées en arrière, serrant la poignée de son cabas vide. Autrefois je ne me souciais pas des vieillards ; je les prenais pour des morts dont les jambes marchent encore ; maintenant je les vois : des hommes, des femmes, juste un peu plus âgés que moi. Celle-là je l'avais remarquée le jour où chez le boucher elle avait demandé des déchets pour ses chats. « Pour ses chats ! a-t-il dit quand elle a été partie. Elle n'a pas de chat. Elle va se mijoter un de ces pot-au-feu ! » Il trouvait ça drôle le boucher. Tout à l'heure elle ramasserait les détritus sous les étals avant que le grand nègre n'ait tout balayé dans le ruisseau. Survivre avec cent quatre-vingts francs par mois : ils sont plus d'un million dans ce cas ; et trois autres millions à peine moins déshérités.

J'ai acheté des fruits, des fleurs, j'ai flâné. Être à la retraite, ça sonne un peu comme être au rebut, le mot me glaçait. L'étendue de mes loisirs m'effrayait. J'avais tort. Le temps m'est un peu trop large aux épaules, mais je m'en arrange. Et quel plaisir de vivre sans consigne, sans contrainte ! Parfois, tout de même une stupeur me prend. Je me rappelle mon premier poste, ma première classe, les feuilles mortes qui crissaient sous mes pieds dans l'automne provincial. Alors le jour de la retraite – que séparait de moi un laps de temps deux fois aussi long, ou presque, que ma vie antérieure – me semblait irréel comme la mort même. Et voici un an qu'il est arrivé. J'ai passé d'autres lignes, mais plus floues. Celle-ci a la rigidité d'un rideau de fer.

Je suis rentrée, je me suis assise à ma table : sans travail, même cette joyeuse matinée m'aurait paru fade. Vers treize heures, je me suis arrêtée pour dresser la table dans la cuisine : tout à fait la cuisine de grand-mère, à Milly – je voudrais revoir Milly – avec sa table de ferme, ses bancs, ses cuivres, le plafond aux poutres apparentes ; seulement il y a un four à gaz au lieu d'une cuisinière en fonte, et un Frigidaire. (En quelle année les Frigidaires sont-ils apparus en France ? J'ai acheté le mien il y a dix ans, mais c'était déjà un article courant. Depuis quand ? Avant la guerre ? Juste après ? Voilà encore une de ces choses dont je ne me souviens plus.)

André est arrivé tard, il m'avait prévenue : au sortir du laboratoire il avait pris part à une réunion sur la force de frappe. J'ai demandé :

— Ça a bien marché ?

— Nous avons mis au point un nouveau manifeste. Mais je ne me fais pas d'illusion. Il n'aura pas plus d'écho que les autres. Les Français s'en balancent. De la force de frappe, de la bombe atomique en général, de tout. Quelquefois j'ai envie de foutre le camp ailleurs : à Cuba, au Mali. Non sérieusement, j'y rêve. Là-bas on peut peut-être se rendre utile.

— Tu ne pourrais plus travailler.

— Ça ne serait pas un grand malheur.

J'ai posé sur la table la salade, le jambon, le fromage, les fruits.

— Tu es si découragé que ça ? Ce n'est pas la première fois que vous tournez en rond.

— Non.

— Alors ?

— Tu ne veux pas comprendre.

Il me répète souvent qu'à présent toutes les idées neuves viennent de ses collaborateurs, qu'il est trop âgé pour inventer : je ne le crois pas.

— Ah ! je vois ce que tu penses, ai-je dit. Je n'y crois pas.

— Tu as tort. Ma dernière idée, je l'ai eue il y a quinze ans.

Quinze ans. Aucune des périodes creuses qu'il a traversées n'a duré aussi longtemps. Mais au point où il en est arrivé sans doute a-t-il besoin de cette pause pour retrouver une inspiration neuve. Je pense aux vers de Valéry :

> *Chaque atome de silence*
> *Est la chance d'un fruit mûr.*

De cette lente gestation, des fruits inespérés vont naître. Elle n'est pas terminée, cette aventure à laquelle j'ai passionnément participé : le doute, l'échec, l'ennui des piétinements, puis une lumière entrevue, un espoir, une hypothèse confirmée ; après des semaines et des mois de patience anxieuse, l'ivresse de la réussite. Je ne comprenais pas grand-chose aux travaux d'André mais ma confiance têtue fortifiait la sienne. Elle demeure intacte. Pourquoi ne puis-je plus la lui communiquer ? Je me refuse à croire que plus jamais je ne verrai briller dans ses yeux la joie fiévreuse de la découverte.

J'ai dit :

— Rien ne prouve que tu n'auras pas un second souffle.

— Non. À mon âge on a des habitudes d'esprit qui freinent l'invention. Et d'année en année je deviens plus ignorant.

— Nous en reparlerons dans dix ans. Tu feras peut-être ta plus grande découverte à soixante-dix ans.

— C'est bien ton optimisme : je te garantis que non.

— C'est bien ton pessimisme !

Nous avons ri. Pourtant il n'y a pas de quoi rire. Le défaitisme d'André n'est pas fondé, pour une fois il manque de rigueur. Oui, Freud a écrit dans ses lettres qu'à un certain âge on n'invente plus rien et que c'est désolant. Mais il était alors beaucoup plus vieux qu'André. N'empêche : injustifiée, cette morosité ne m'en attriste pas moins. Si André s'y abandonne c'est que d'une manière générale il est en crise. J'en suis surprise, mais le fait est qu'il ne se résigne pas à avoir dépassé soixante ans. Moi mille choses m'amusent encore ; lui non. Jadis il s'intéressait à tout ; maintenant c'est toute une affaire de le traîner à un film, à une exposition, chez des amis.

— Quel dommage que tu n'aimes plus te promener, ai-je dit. Les journées sont si belles ! Je pensais tout à l'heure que j'aurais aimé retourner à Milly, et dans la forêt de Fontainebleau.

— Tu es étonnante, m'a-t-il dit avec un sourire. Tu connais toute l'Europe, et tu voudrais revoir les environs de Paris !

— Pourquoi pas ? la collégiale de Champeaux n'est pas moins belle parce que je suis montée sur l'Acropole.

— Soit. Dès que le laboratoire sera fermé dans quatre ou cinq jours, je te promets une grande balade en auto.

Nous aurions le temps d'en faire plus d'une, puisque nous restons à Paris jusqu'au début d'août. Mais en aura-t-il envie ? J'ai demandé :

— Demain c'est dimanche. Tu n'es pas libre ?

— Non hélas ! tu sais bien, il y a cette conférence de presse, le soir, sur l'apartheid. Ils m'ont apporté une masse de documents que je n'ai pas encore regardés.

Prisonniers politiques espagnols, détenus portugais, Iraniens persécutés, rebelles congolais, angolais, camerounais, maquisards vénézuéliens, péruviens, colombiens, il est toujours prêt à les aider dans la mesure de ses forces. Réunions, manifestes, meetings, tracts, délégations, rien ne le rebute.

— Tu en fais trop.

— Pourquoi trop ? Que faire d'autre ?

Que faire quand le monde s'est décoloré ? Il ne

reste qu'à tuer le temps. Moi aussi j'ai traversé une mauvaise période, il y a dix ans. J'étais dégoûtée de mon corps, Philippe était devenu un adulte, après le succès de mon livre sur Rousseau je me sentais vidée. Vieillir m'angoissait. Et puis j'ai entrepris une étude sur Montesquieu, j'ai réussi à faire passer l'agrégation à Philippe, à lui faire commencer une thèse. On m'a confié des cours en Sorbonne qui m'ont intéressée plus encore que ma khâgne. Je me suis résignée à mon corps. Il m'a semblé que je ressuscitais. Et aujourd'hui, si André n'avait pas de son âge une conscience aussi aiguë, j'oublierais facilement le mien.

Il est reparti, et je suis encore restée un long moment sur le balcon. J'ai regardé tourner sur le fond bleu du ciel une grue couleur de minium. J'ai suivi des yeux un insecte noir qui traçait dans l'azur un large sillon écumeux et glacé. La perpétuelle jeunesse du monde me tient en haleine. Des choses que j'aimais ont disparu. Beaucoup d'autres m'ont été données. Hier soir, je remontais le boulevard Raspail et le ciel était cramoisi ; il me semblait marcher sur une planète étrangère où l'herbe aurait été vio-lette, la terre bleue : les arbres cachaient le rou-geoiement d'une enseigne au néon. Andersen s'émerveillait, à soixante ans, de traverser la Suède en moins de vingt-quatre heures alors que dans sa jeunesse le voyage durait une semaine. J'ai connu de semblables éblouissements : Mos-cou à trois heures et demie de Paris !

Un taxi m'a conduite au parc Montsouris où j'avais rendez-vous avec Martine. En entrant dans le jardin, l'odeur d'herbe coupée m'a prise au cœur : odeur des alpages où je marchais, sac au dos, avec André, si émouvante d'être l'odeur des prairies de mon enfance. Reflets, échos, se renvoyant à l'infini : j'ai découvert la douceur d'avoir derrière moi un long passé. Je n'ai pas le temps de me le raconter, mais souvent à l'improviste je l'aperçois en transparence au fond du moment présent ; il lui donne sa couleur, sa lumière comme les roches ou les sables se reflètent dans le chatoiement de la mer. Autrefois je me berçais de projets, de promesses ; maintenant, l'ombre des jours défunts veloute mes émotions, mes plaisirs.

— Bonjour.

À la terrasse du café-restaurant, Martine buvait un citron pressé. D'épais cheveux noirs, des yeux bleus, une courte robe aux rayures orange et jaunes, avec un soupçon de violet : une belle jeune femme. Quarante ans. J'avais souri, à trente ans, quand le père d'André avait traité de « belle jeune femme » une quadragénaire ; et les mêmes mots me venaient aux lèvres à propos de Martine. Presque tout le monde me paraît jeune, à présent. Elle m'a souri :

— Vous m'avez apporté votre livre ?

— Bien sûr.

Elle a regardé la dédicace :

— Merci, m'a-t-elle dit d'une voix émue. Elle

a ajouté : – J'ai tellement hâte de le lire. Mais cette fin d'année scolaire est chargée. Il faudra que j'attende le 14 juillet.

— Je voudrais bien connaître votre avis.

J'ai grande confiance dans son jugement : c'est-à-dire que nous sommes presque toujours d'accord. Je me sentirais tout à fait de plain-pied avec elle si elle ne conservait pas à mon égard un peu de la vieille déférence d'élève à professeur, bien qu'elle soit professeur elle-même, mariée et mère de famille.

— C'est difficile d'enseigner la littérature aujourd'hui. Sans vos livres je ne saurais vraiment pas comment m'y prendre. Elle m'a demandé timidement : – Vous êtes contente de celui-ci ?

Je lui ai souri :

— Franchement oui.

Une interrogation demeurait dans ses yeux sans qu'elle osât la formuler. J'ai pris les devants. Ses silences m'encouragent à parler plus que bien des questions étourdies :

— Vous savez ce que j'ai voulu faire : à partir d'une réflexion sur les œuvres critiques parues depuis la guerre, proposer une méthode nouvelle qui permette de pénétrer dans l'œuvre d'un auteur plus exactement qu'on ne l'a jamais fait. J'espère que j'ai réussi.

C'était plus qu'un espoir : une conviction. Elle m'ensoleillait le cœur. La belle journée et j'aimais ces arbres, ces pelouses, ces allées où si souvent je m'étais promenée avec des camarades, des amis. Certains sont morts, ou nos vies nous ont éloignés. Par bonheur, contrairement à André qui ne voit plus personne, je me suis liée avec des élèves et de jeunes collègues ; je les préfère aux femmes de mon âge. Leur curiosité vivifie la mienne ; elles m'entraînent dans leur avenir, par-delà ma tombe.

Martine a caressé le volume du plat de la main.

— Je vais tout de même y jeter un coup d'œil ce soir même. Quelqu'un l'a lu ?

— Seulement André. Mais la littérature, ça ne le passionne pas.

Plus rien ne le passionne. Et il est aussi défaitiste, pour moi que pour lui. Sans me le dire, il est au fond convaincu que ce que je ferai désormais n'ajoutera rien à ma réputation. Ça ne me trouble pas parce que je sais qu'il se trompe. Je viens d'écrire mon meilleur livre et le second tome ira encore plus loin.

— Votre fils ?

— Je lui ai remis un paquet d'épreuves. Il va m'en parler : il rentre ce soir.

Nous avons parlé de Philippe, de sa thèse, de littérature. Comme moi elle aime les mots et les gens qui savent s'en servir. Seulement elle se laisse dévorer par son métier et son foyer. Elle m'a raccompagnée chez moi dans sa petite Austin.

— Vous revenez bientôt à Paris ?

— Je ne pense pas. De Nancy j'irai directement me reposer dans l'Yonne.

— Vous travaillerez un peu pendant les vacances ?

— Je voudrais bien. Mais je suis toujours à court de temps. Je n'ai pas votre énergie.

Ce n'est pas une affaire d'énergie, me suis-je dit en la quittant : je ne pourrais pas vivre sans écrire. Pourquoi ? Et pourquoi me suis-je acharnée à faire de Philippe un intellectuel alors qu'André l'aurait laissé s'engager dans d'autres chemins ? Enfant, adolescente, les livres m'ont sauvée du désespoir ; cela m'a persuadée que la culture est la plus haute des valeurs et je n'arrive pas à considérer cette conviction d'un œil critique.

Dans la cuisine, Marie-Jeanne s'affairait à préparer le dîner : au menu, les plats préférés de Philippe. J'ai vérifié que tout allait bien, j'ai lu les journaux et j'ai fait des mots croisés difficiles qui m'ont retenue trois quarts d'heure ; quelquefois, ça m'amuse de rester longtemps penchée sur une grille où virtuellement les mots sont présents, bien qu'invisibles ; pour les faire apparaître, j'use de mon cerveau comme d'un révélateur ; il me semble les arracher à l'épaisseur du papier où ils seraient cachés.

La dernière case remplie, j'ai choisi dans ma penderie ma plus jolie robe en foulard gris et rose. À cinquante ans, mes toilettes me semblaient toujours ou trop tristes, ou trop gaies ; maintenant, je sais ce qui m'est permis ou défendu, je m'habille sans problème. Sans plaisir non plus. Ce rapport intime, presque tendre, que j'avais autrefois avec mes vêtements a disparu. J'ai tout de même considéré avec satisfaction ma silhouette. C'est Philippe qui m'a dit un jour : « Mais dis donc, tu t'arrondis. » (Il ne semble guère avoir remarqué que j'ai retrouvé ma ligne.) Je me suis mise au régime, j'ai acheté une balance. Je n'imaginais pas autrefois que je me soucierais jamais de mon poids. Et voilà ! Moins je me reconnais dans mon corps, plus je me sens obligée de m'en occuper. Il est à ma charge et je le soigne avec un dévouement ennuyé, comme un vieil ami un peu disgracié, un peu diminué qui aurait besoin de moi.

André a apporté une bouteille de Mumm que j'ai mise à rafraîchir, nous avons un peu bavardé et il a téléphoné à sa mère. Il le fait souvent. Elle a bon pied, bon œil ; elle milite encore farouchement dans les rangs du P.C. ; mais tout de même, elle a quatre-vingt-quatre ans, elle vit seule dans sa maison de Villeneuve-lès-Avignon : il s'inquiète un peu pour elle. Il riait au téléphone, je l'entendais s'exclamer, protester mais il se taisait vite : Manette est volubile dès qu'elle en a l'occasion.

— Qu'est-ce qu'elle a raconté ?

— Elle est de plus en plus convaincue que d'un jour à l'autre cinquante millions de Chinois vont franchir la frontière russe. Ou alors ils balanceront une bombe n'importe où pour le plaisir de faire éclater une guerre mondiale. Elle m'accuse de prendre leur parti : impossible de la convaincre que non.

— Elle va bien ? Elle ne s'ennuie pas ?

— Elle sera ravie de nous voir, mais l'ennui, elle ignore ce que c'est.

Institutrice, trois enfants, la retraite a été pour elle un bonheur qu'elle n'a pas encore épuisé. Nous avons parlé d'elle, et des Chinois sur qui nous sommes, comme tout le monde, si mal renseignés. André a ouvert une revue. Et me voilà en train de regarder ma montre dont les aiguilles n'ont pas l'air de tourner.

Soudain il est apparu ; chaque fois je suis surprise de retrouver sur son visage, harmonieusement fondus, les traits si dissemblables de ma mère et d'André. Il m'a serrée très fort en disant des mots joyeux et je me suis abandonnée à la tendresse du veston de flanelle contre ma joue. Je me suis dégagée pour embrasser Irène ; elle me souriait d'un sourire si glacé que je m'étonnai de sentir sous mes lèvres une joue douce et chaude. Irène. Toujours je l'oublie ; toujours elle est là. Blonde, les yeux gris-bleu, la bouche molle, le menton aigu, et dans son front trop large quelque chose à la fois de vague et de buté. Je l'ai vite effacée. J'étais seule avec Philippe comme au temps où je le réveillais chaque matin d'une caresse sur le front.

— Même pas une goutte de whisky ? a demandé André.

— Merci. Je prendrai un jus de fruit.

Qu'elle est raisonnable ! Habillée, coiffée avec une raisonnable élégance, le cheveu lisse, une frange cachant son grand front, maquillage ingénu, petit tailleur sec. Il m'arrive souvent quand je feuillette un magazine féminin de me dire : « Tiens ! voilà Irène. » Il m'arrive aussi en la voyant de mal la reconnaître. « Elle est jolie », affirme André. À certains jours je suis d'accord : délicatesse des oreilles et des narines, tendresse nacrée de la peau que souligne le bleu sombre des cils. Mais si elle bouge un peu la tête, le visage glisse, on n'aperçoit plus que cette bouche, ce menton. Irène. Pourquoi ? Pourquoi Philippe s'est-il toujours lié avec ce genre de femmes élégantes, distantes, snobs ? Sans doute pour se prouver qu'il pouvait les séduire. Il ne s'attachait pas à elles. Je pensais que s'il s'attachait... Je pensais qu'il ne s'attacherait pas, et un soir il m'a dit : « Je vais t'annoncer une grande nouvelle », avec l'air un peu surexcité d'un enfant qui un jour de fête a trop joué, trop ri, trop crié. Il y a eu ce coup de gong dans ma poitrine, le sang à mes joues, toutes mes forces tendues pour réprimer le tremblement de mes lèvres. Un soir d'hiver, les rideaux tirés, la lumière des lampes sur l'arc-en-ciel des coussins et ce gouffre d'absence soudain creusé. « Elle te plaira : c'est une femme qui travaille. » Elle travaille de loin en loin, comme *script-girl*. Je les connais ces jeunes femmes « dans le vent ». On a un vague métier, on prétend se cultiver, faire

27

du sport, bien s'habiller, tenir impeccablement son intérieur, élever parfaitement ses enfants, mener une vie mondaine, bref réussir sur tous les plans. Et on ne tient vraiment à rien. Elles me glacent le sang.

Ils étaient partis pour la Sardaigne le jour où la faculté fermait ses portes, au début de juin. Pendant que nous dînions à cette table où si souvent j'ai fait manger Philippe (allons, finis ta soupe ; reprends un peu de bœuf ; avale quelque chose avant de partir faire ton cours), nous avons parlé de leur voyage – beau cadeau de noces offert par les parents d'Irène, ils en ont les moyens. Elle se taisait beaucoup, comme une femme intelligente qui sait attendre le moment de placer une remarque futée et un peu surprenante ; de temps en temps elle lâchait une petite phrase, surprenante – à mon avis du moins – par sa sottise ou sa banalité.

Nous sommes revenus dans la bibliothèque. Philippe a jeté un coup d'œil sur ma table.

— Tu as bien travaillé ?

— Ça marche. Tu n'as pas eu le temps de lire mes épreuves ?

— Non, figure-toi. Je suis désolé.

— Tu liras le livre. J'en ai un exemplaire pour toi.

Sa négligence m'a un peu attristée, mais je n'en ai rien montré. J'ai dit :

— Et toi, maintenant, tu vas te remettre sérieusement à ta thèse ?

Il n'a pas répondu. Il a échangé un drôle de regard avec Irène.

— Qu'y a-t-il ? Vous repartez en voyage ?

— Non. De nouveau un silence et il a dit avec un peu d'humeur : – Ah ! tu vas être fâchée, vous allez me blâmer mais j'ai pris une décision, pendant ce mois. C'est trop lourd à concilier un poste d'assistant et une thèse. Or, sans thèse, l'Université ne m'offre pas d'avenir intéressant. Je vais la quitter.

— Qu'est-ce que tu racontes ?

— Je vais quitter l'Université. Je suis encore assez jeune pour m'orienter autrement.

— Mais ce n'est pas possible. Au point où tu en es arrivé, tu ne vas pas lâcher prise, ai-je dit avec indignation.

— Comprends-moi. Autrefois le professorat était un métier en or. Maintenant je ne suis pas le seul à trouver impossible de m'occuper de mes étudiants et de travailler pour moi : ils sont trop nombreux.

— Ça c'est vrai, a dit André. Trente élèves, c'est trente fois un élève. Cinquante c'est une cohue. Mais on peut sûrement trouver un biais qui te permette d'avoir plus de temps à toi et de finir ta thèse.

— Non, a dit Irène d'un ton tranchant. L'enseignement, la recherche, c'est vraiment trop mal payé. J'ai un cousin chimiste. Au C.N.R.S. il gagnait huit cents francs par mois. Il est entré dans une usine de colorants : il s'en fait trois mille.

— Ce n'est pas seulement une question d'argent, a dit Philippe.

— Bien entendu. Ce qui compte aussi c'est d'être dans le coup.

En petites phrases mesurées, elle a laissé entendre ce qu'elle pensait de nous. Oh ! elle l'a fait avec tact : ce tact qu'on sent venir de si loin. (Je ne veux surtout pas vous blesser, ne m'en veuillez pas, ça serait injuste, il y a tout de même des choses qu'il faut vous dire et si je ne me contenais pas j'en dirais bien davantage.) André est un grand savant bien sûr et pour une femme je n'ai pas mal réussi. Mais nous vivons, coupés du monde, dans des laboratoires et des bibliothèques. La jeune génération d'intellectuels veut être en prise directe sur la société. Philippe avec son dynamisme n'est pas fait pour notre genre de vie ; il y a d'autres carrières où il donnerait beaucoup mieux sa mesure.

— Enfin, c'est périmé, une thèse, a-t-elle conclu. Pourquoi profère-t-elle parfois de telles énormités ?

Elle n'est pas stupide à ce point-là, Irène. Elle existe, elle compte, elle a annulé la victoire que j'avais remportée avec Philippe, contre lui, pour lui. Un long combat, si dur pour moi, parfois. « Je n'arrive pas à faire cette dissertation, j'ai mal à la tête, donne-moi un mot disant que je suis malade. – Non. » Le tendre visage d'adolescent se crispait, vieillissait, les yeux verts m'assassinaient : « Tu n'es pas gentille. » André intervenait. « Pour une fois… – Non. » Ma détresse en Hollande pendant ces vacances de Pâques où nous avons laissé Philippe à Paris. « Je ne veux pas que ton diplôme soit bâclé. » Et il avait crié avec haine : « Ne m'emmenez pas, je m'en fous, je n'écrirai pas une ligne. » Et puis ses succès, notre entente. Notre entente qu'Irène est en train de briser. Elle me l'arrache pour la seconde fois. Je ne voulais pas exploser devant elle, je me suis maîtrisée.

— Alors, qu'as-tu l'intention de faire ?

Irène allait répondre, Philippe l'a coupée.

— Le père d'Irène a différentes choses en vue.

— De quel ordre ? Dans les affaires ?

— C'est encore vague.

— Tu en as parlé avec lui avant ton voyage. Pourquoi ne nous as-tu rien dit à nous ?

— Je voulais réfléchir.

J'ai eu un sursaut de colère ; c'était inconcevable qu'il ne m'ait pas consultée dès que l'idée de quitter l'Université avait germé dans sa tête.

— Naturellement vous me blâmez, a dit Philippe d'un air irrité.

Le vert de ses yeux prenait cette couleur d'orage que je connais bien.

— Non, a dit André. Il faut faire ce qu'on a envie de faire.

— Toi, tu me blâmes ?

— Gagner de l'argent ne me semble pas un but exaltant. Je suis étonnée.

— Je t'ai dit qu'il ne s'agissait pas seulement d'argent.

— De quoi au juste ? Précise.

— Je ne peux pas. Il faut que je revoie mon beau-père. Mais je n'accepterai ce qu'il me proposera que si j'y trouve de l'intérêt.

J'ai encore un peu discuté, le plus calmement possible, essayant de le convaincre de la valeur de sa thèse, lui rappelant d'anciens projets d'essais, d'études. Il répondait poliment, mais mes paroles glissaient sur lui. Non, il ne m'appartenait plus, plus du tout. Même son aspect physique avait changé : une autre coupe de cheveux, des vêtements plus à la page, le style XVIe arrondissement. C'est moi qui ai façonné sa vie. Maintenant j'y assiste du dehors, en témoin distant. C'est le sort commun à toutes les mères : mais qui s'est jamais consolé en se disant que son sort est le sort commun ?

André a attendu l'ascenseur avec eux et je me suis affalée sur le divan. Ce vide, de nouveau... Le bien-être de cette journée, cette plénitude au cœur de l'absence ce n'était que la certitude d'avoir Philippe ici, pour quelques heures. Je l'avais attendu comme s'il revenait pour ne pas repartir : il repartira toujours. Et notre rupture est bien plus définitive que je ne l'avais supposé. Je ne participerai plus à son travail, nous n'aurons plus les mêmes intérêts. Est-ce que l'argent compte à ce point pour lui ? Ou ne fait-il que céder à Irène ? L'aime-t-il tant ? Il faudrait connaître leurs nuits. Sans doute sait-elle combler à la fois son corps et son orgueil :

sous ses dehors mondains, je l'imagine capable de déchaînements. Ce lien que crée dans un couple le bonheur physique, j'ai tendance à en sous-estimer l'importance. La sexualité pour moi n'existe plus. J'appelais sérénité cette indifférence ; soudain je l'ai comprise autrement : c'est une infirmité, c'est la perte d'un sens ; elle me rend aveugle aux besoins, aux douleurs, aux joies de ceux qui le possèdent. Il me semble ne plus rien savoir de Philippe. Une seule chose est sûre : combien il va me manquer ! C'est peut-être grâce à lui que je m'accommodais à peu près de mon âge. Il m'entraînait dans sa jeunesse. Il m'emmenait aux Vingt-quatre Heures du Mans, aux expositions d'op-art, et même un soir à un happening. Sa présence agitée, inventive, remplissait la maison. M'accoutumerai-je à ce silence, à la sage coulée des jours que ne brisera plus aucun imprévu ?

J'ai demandé à André :

— Pourquoi ne m'as-tu pas aidée à raisonner Philippe ? Tu as cédé tout de suite. À nous deux, nous l'aurions peut-être convaincu.

— Il faut laisser les gens libres. Il n'a jamais eu tellement envie d'être professeur.

— Mais sa thèse l'intéressait.

— Jusqu'à un certain point, très incertain. Je le comprends.

— Tu comprends tout le monde.

Autrefois André était aussi intransigeant pour les autres que pour lui-même. Maintenant, ses positions politiques n'ont pas fléchi mais dans sa vie privée il ne réserve qu'à lui sa sévérité ; il excuse, il explique, il accepte les gens. Au point parfois de m'exaspérer. J'ai repris :

— Tu trouves que gagner de l'argent est un but suffisant dans la vie ?

— Je ne sais pas trop quels ont été nos buts ni s'ils étaient suffisants.

Pensait-il ce qu'il disait ou s'amusait-il à me provoquer ? Ça lui arrive quand il me trouve trop butée dans mes convictions et mes principes. En général, je le laisse de bonne grâce me taquiner, j'entre dans le jeu. Mais cette fois je n'étais pas d'humeur à plaisanter. Ma voix s'est montée :

— Pourquoi avons-nous vécu comme nous l'avons fait si tu trouves aussi bien de vivre autrement ?

— Parce que *nous* n'aurions pas pu.

— Nous n'aurions pas pu parce que c'est notre genre de vie qui nous semblait valable.

— Non. Pour moi, connaître, découvrir, c'était une manie, une passion, ou même une espèce de névrose, sans aucune justification morale. Je n'ai jamais pensé que tout le monde devait m'imiter.

Moi je pense au fond que tout le monde devrait nous imiter, mais je n'ai pas voulu en discuter. J'ai dit :

— Il ne s'agit pas de tout le monde, mais de Philippe. Il va devenir un affairiste ; ce n'est pas pour ça que je l'ai élevé.

André réfléchissait :

— C'est gênant pour un jeune homme d'avoir des parents qui ont trop bien réussi. Il n'ose pas croire qu'en marchant sur leurs traces il les égalera. Il préfère miser sur d'autres tableaux.

— Philippe démarrait très bien.

— Tu l'aidais, il travaillait dans ton ombre. Franchement, sans toi il n'aurait pas été loin et il est assez perspicace pour s'en rendre compte.

Il y avait toujours eu cette sourde opposition entre nous, à propos de Philippe. Peut-être André avait-il été dépité qu'il eût choisi les lettres et non les sciences ; ou c'était la classique rivalité père-fils qui jouait : il avait toujours tenu Philippe pour un médiocre, ce qui était une manière de l'aiguiller vers la médiocrité.

— Je sais, ai-je dit. Tu ne lui as jamais fait confiance. Et s'il doute de lui c'est qu'il se voit par tes yeux.

— Peut-être, a dit André d'un ton conciliant.

— De toute façon, la grande responsable c'est Irène. C'est elle qui le pousse. Elle a envie que son mari gagne gros. Et elle est trop contente de l'éloigner de moi.

— Ah ! ne joue pas à la belle-mère. Irène en vaut bien une autre.

— Quelle autre ? Elle a dit des énormités.

— Ça lui arrive. Mais quelquefois elle est maligne. C'est signe d'un déséquilibre affectif plutôt que d'un manque d'intelligence. D'autre part si elle tenait avant tout à l'argent, elle n'aurait pas épousé Philippe qui n'est pas riche.

— Elle a compris qu'il pourrait le devenir.

— En tout cas elle l'a choisi plutôt qu'un quelconque petit snob.

— Si elle te plaît, tant mieux pour toi.

— Quand on tient à quelqu'un, on doit faire un peu de crédit aux gens qu'il aime.

— C'est vrai, ai-je dit. Mais Irène me décourage.

— Il faut voir de quel milieu elle sort.

— Elle n'en sort guère, malheureusement.

Ces gros bourgeois pourris de fric, influents, importants me semblent encore plus détestables que le milieu frivole et mondain contre lequel ma jeunesse s'est insurgée.

Pendant un moment nous avons gardé le silence. Derrière la vitre, l'enseigne au néon sautait du rouge au vert, les yeux de la grande muraille brillaient. Une belle nuit. Je serais descendue avec Philippe prendre un dernier verre à une terrasse… Inutile de suggérer à André de venir faire un tour, il commençait visiblement à avoir sommeil. J'ai dit :

— Je me demande pourquoi Philippe l'a épousée.

— Oh ! tu sais, du dehors, on ne comprend jamais ces choses-là.

Il avait répondu d'un air indifférent. Son visage s'était affaissé, il appuyait son doigt contre sa joue à la hauteur de sa gencive : un tic qu'il avait contracté depuis quelque temps.

— Tu as mal aux dents ?

— Non.

— Alors pourquoi te tripotes-tu la gencive ?

— Je vérifie que je n'ai pas mal.

L'année passée, il se prenait le pouls toutes les dix minutes. C'est vrai qu'il avait eu un peu d'hypertension mais un traitement l'a stabilisé à 17, ce qui est parfait pour notre âge. Il gardait le doigt pressé contre sa joue, ses yeux étaient vides, il jouait au vieillard, il allait finir par me convaincre qu'il en était un. Un instant j'ai pensé avec horreur : « Philippe est parti et je vais finir ma vie avec un vieillard ! » J'ai eu envie de crier : « Arrête je ne veux pas. » Comme s'il m'avait entendue, il m'a souri, il est redevenu lui-même et nous avons été dormir.

Il dort encore ; je vais le réveiller, nous boirons du thé de Chine très noir, très fort. Mais ce matin ne ressemble pas à celui d'hier. Il me faut réapprendre que j'ai perdu Philippe. Je devrais le savoir. Il m'a quittée dès l'instant où il m'a annoncé son mariage ; dès sa naissance : une nourrice aurait pu me remplacer. Qu'est-ce que j'ai imaginé ? Parce qu'il était exigeant je me suis crue indispensable. Parce qu'il se laisse facilement influencer j'ai cru l'avoir créé à mon image. Cette année, quand je le voyais avec Irène ou dans sa belle-famille, si différent de ce qu'il est avec moi, il me semblait qu'il se prêtait à un jeu : sa vérité, c'était moi qui la détenais. Et il choisit de s'éloigner de moi, de briser nos complicités, de refuser la vie qu'au prix de tant d'efforts je lui avais bâtie. Il deviendra un étranger.

Allons ! moi qu'André accuse souvent d'optimisme aveugle, peut-être suis-je en train de me tourmenter pour rien. Je ne pense tout de même pas qu'en dehors de l'Université il n'y a pas de salut, ni que faire une thèse soit un impératif absolu. Philippe a dit qu'il n'accepterait qu'un travail intéressant… Mais je me méfie des situations que le père d'Irène peut lui offrir. Je me méfie de Philippe. Ça lui est arrivé souvent de me dissimuler des choses, ou de me mentir, je connais ses défauts, j'en ai pris mon parti et même ils m'émeuvent comme le ferait une disgrâce physique. Mais cette fois je suis indignée qu'il ne m'ait pas tenue au courant de ses projets. Indignée et anxieuse. Jusqu'ici, quand il me faisait de la peine, il savait toujours m'en consoler : je ne suis pas sûre que cette fois il y réussisse.

Pourquoi André était-il en retard ? J'avais travaillé quatre heures d'affilée, ma tête était lourde, je me suis étendue sur le divan. En trois jours, Philippe ne m'avait pas donné signe de vie ; ce n'est pas dans ses habitudes ; son silence m'étonnait d'autant plus que lorsqu'il craint de m'avoir blessée il multiplie les coups de téléphone et les petits mots. Je ne comprenais pas, j'avais le cœur lourd et ma tristesse faisait tache

d'huile ; elle assombrissait le monde qui lui four-
nissait en retour des aliments. André. Il devenait
de plus en plus maussade. Vatrin était le seul
ami qu'il consentît encore à voir et il avait été
fâché que je l'invite à déjeuner : « Il m'ennuie. »
Tout le monde l'ennuyait. Et moi ? Il m'avait dit,
voilà très, très longtemps : « Du moment que je
t'ai, je ne pourrai jamais être malheureux. » Et
il n'avait pas l'air heureux. Il ne m'aimait plus
comme autrefois. Qu'était-ce qu'aimer, pour
lui, aujourd'hui ? Il tenait à moi comme à une
vieille habitude mais je ne lui apportais plus
aucune joie. C'était peut-être injuste mais je lui
en voulais : il consentait à cette indifférence, il
s'y installait.

La clé a tourné dans la serrure, il m'a embras-
sée, il avait l'air préoccupé.

— Je suis en retard.

— Un peu.

— C'est que Philippe est venu me chercher
à l'École normale. Nous avons bu un verre
ensemble.

— Pourquoi ne l'as-tu pas amené ici ?

— Il voulait me parler en particulier. Pour que
ce soit moi qui te dise ce qu'il avait à nous dire.

— Qu'est-ce que c'est ?

(Il partait pour l'étranger, très loin, pour des
années ?)

— Ça ne te fera pas plaisir. Il n'a pas osé nous
l'avouer l'autre soir mais c'est chose faite. Son
beau-père lui a trouvé une situation. Il le fait

entrer au ministère de la Culture. À son âge, c'est un poste magnifique m'a-t-il expliqué. Mais tu vois ce que ça suppose.

— C'est impossible. Philippe !

C'était impossible. Il partageait nos idées. Il avait pris de gros risques pendant la guerre d'Algérie – cette guerre qui nous avait ravagés et qui semblait maintenant n'avoir jamais eu lieu ; il s'était fait matraquer dans des manifestations antigaullistes ; il avait voté comme nous aux dernières élections...

— Il dit qu'il a évolué. Il a compris que le négativisme de la gauche française ne l'avait menée à rien, qu'elle était foutue, qu'il voulait être dans la course, avoir prise sur le monde, agir, construire.

— On croirait entendre Irène.

— Mais c'est Philippe qui parlait, a dit André d'une voix dure.

Brusquement j'ai réalisé. La colère m'a prise.

— Alors quoi ? C'est un arriviste ? Il retourne sa veste par arrivisme ? J'espère que tu l'as engueulé.

— Je lui ai dit que je le désapprouvais.

— Tu n'as pas essayé de le faire changer d'avis ?

— Bien sûr que si. J'ai discuté.

— Discuter ! Il fallait l'intimider, lui dire que nous ne le reverrions plus. Tu as été trop mou, je te connais.

Soudain ça déferlait sur moi, une avalanche

de soupçons, de malaises que j'avais refoulés. Pourquoi n'avait-il jamais eu que des femmes trop bien habillées, huppées, snobs ? Pourquoi Irène et ce mariage en grand tralala, à l'église ? Pourquoi se montrait-il si empressé, si enjôleur avec sa belle-famille ? Il évoluait dans ce milieu comme un poisson dans l'eau. Je n'avais pas voulu me poser de questions, et quand André hasardait une critique je défendais Philippe. Toute cette confiance entêtée se retournait en rancœur. Philippe d'un seul coup avait changé de visage. Un arriviste, un intrigant.

— Moi je vais lui parler.

J'ai marché vers le téléphone. André m'a arrêtée :

— Calme-toi d'abord. Une scène n'arrangera rien.

— Ça me soulagera.

— Je t'en prie.

— Laisse-moi.

J'ai formé le numéro de Philippe.

— Ton père vient de me dire que tu entres dans le cabinet du ministère de la Culture. Félicitations.

— Ah ! s'il te plaît, m'a-t-il dit, ne le prends pas sur ce ton-là.

— Et quel ton devrais-je prendre ? Je devrais me réjouir quand tu n'oses même pas me parler face à face, tellement tu as honte de toi.

— Je n'ai pas du tout honte. On a le droit de réviser ses opinions.

— Réviser ! Il y a six mois tu condamnais radicalement la politique culturelle du régime.

— Eh bien ! justement ! je vais essayer de la changer.

— Allons donc ! Tu ne fais pas le poids et tu le sais. Tu joueras le jeu sagement, tu te ménageras une belle carrière. C'est l'ambition qui te pousse, rien d'autre…

Je ne sais plus ce que je lui ai dit, il criait : « Tais-toi, tais-toi. » Je continuais, il me coupait la parole, sa voix devenait haineuse, il a fini par me dire avec fureur :

— On n'est pas un salaud parce qu'on refuse de partager vos entêtements séniles.

— Ça suffit. Je ne te reverrai pas de ma vie !

J'ai raccroché, je me suis assise, en sueur, tremblante, les jambes brisées. Plus d'une fois nous nous sommes brouillés à mort, mais ce coup-là c'était sérieux : je ne le reverrais plus. Son revirement m'écœurait, et ses mots m'avaient blessée parce qu'ils avaient voulu être blessants.

— Il nous a insultés. Il a parlé de nos entêtements séniles. Je ne le reverrai jamais et je ne veux pas que tu le revoies.

— Tu as été dure toi aussi. Tu n'aurais pas dû te placer sur un terrain passionnel.

— Et pourquoi non ? Il n'a tenu aucun compte de nos sentiments ; il nous préfère sa carrière, il accepte de la payer d'une rupture…

— Il n'a pas envisagé une rupture. Et d'ailleurs elle n'aura pas lieu, je suis contre.

— En ce qui me concerne c'est fait : tout est fini entre Philippe et moi.

Je me suis tue ; je continuais à trembler de colère.

— Depuis quelque temps Philippe filait un drôle de coton, a dit André. Tu ne voulais pas l'admettre, mais je m'en rendais bien compte. Tout de même je n'aurais pas cru qu'il en arriverait là.

— C'est un sale petit ambitieux.

— Oui, a dit André d'un ton perplexe. Mais pourquoi ?

— Comment pourquoi ?

— Nous le disions l'autre soir : nous avons sûrement notre part de responsabilité. Il a hésité : – L'ambition, c'est toi qui la lui as insufflée ; de lui-même il était plutôt indifférent. Et sans doute ai-je développé un antagonisme en lui.

— Tout est la faute d'Irène, ai-je dit avec éclat. S'il ne l'avait pas épousée, s'il n'était pas entré dans ce milieu, jamais il n'aurait pactisé.

— Mais il l'a épousée, en partie parce que ce milieu lui en imposait. Voilà longtemps que ses valeurs ne sont plus les nôtres. J'y vois bien des raisons...

— Tu ne vas pas le défendre.

— J'essaie de me l'expliquer.

— Aucune explication ne me convaincra. Je ne le reverrai pas. Je ne veux pas que tu le revoies.

— Ne t'y trompe pas. Je le blâme. Je le blâme profondément. Mais je le reverrai. Toi aussi.

— Non. Et si tu me lâches, après ce qu'il m'a dit au téléphone, je t'en voudrai comme jamais je ne t'en ai voulu. Ne me parle plus de lui.

Mais nous ne pouvions pas non plus parler d'autre chose. Nous avons dîné presque en silence, très vite, et puis chacun a pris un livre. J'en voulais à Irène, à André, au monde entier. « Nous avons sûrement notre part de responsabilité. » Ah ! c'était oiseux de chercher des raisons, des excuses. « Vos entêtements séniles », il m'avait crié ces mots. J'étais si sûre de son amour pour nous, pour moi ; en vérité je ne pesais pas lourd ; je n'étais rien pour lui, une vieillerie à remiser au magasin des accessoires ; je n'avais qu'à l'y reléguer aussi. Toute la nuit, la rancune m'a étouffée. Le matin, une fois André parti, je suis entrée dans la chambre de Philippe, j'ai déchiré, j'ai jeté les vieux journaux, les vieux papiers ; j'ai rempli une valise de ses livres ; dans une autre j'ai entassé le pull-over, le pyjama, tout ce qui restait dans les placards. Devant les planches nues, des larmes me sont montées aux yeux. Tant de souvenirs émouvants, bouleversants, délicieux se levaient en moi. Je leur tordrais le cou. Il m'avait quittée, trahie, bafouée, insultée. Jamais je ne le lui pardonnerais.

Deux jours se sont écoulés sans que nous parlions de Philippe. Le troisième matin, comme nous examinions notre courrier, j'ai dit à André :

— Une lettre de Philippe.

— Je suppose qu'il s'excuse.

— Il perd son temps. Je ne la lirai pas.

— Oh ! regarde-la tout de même. Tu sais comme ça lui coûte de faire les premiers pas. Donne-lui sa chance.

— Pas question.

J'ai plié la lettre dans une enveloppe sur laquelle j'ai écrit l'adresse de Philippe.

— Mets-la dans une boîte, s'il te plaît.

J'avais beaucoup trop facilement cédé à ses beaux sourires, à ses jolies phrases. Cette fois, je ne céderais pas.

Deux jours plus tard, au début de l'après-midi, Irène a sonné.

— Je voudrais vous parler cinq minutes.

Une petite robe très simple, les bras nus, les cheveux flottants : elle avait l'air d'une toute jeune fille, fraîche et timide. Je ne l'avais encore jamais vue dans ce rôle-là. Je l'ai fait entrer. Bien entendu elle venait plaider la cause de Philippe. Le renvoi de sa lettre l'avait navré. Il s'excusait de ce qu'il avait dit au téléphone, il n'en pensait pas un mot, mais je connaissais son caractère, il se mettait vite en colère, alors il disait n'importe quoi, et autant en emportait le vent. Il voulait absolument s'expliquer avec moi.

— Pourquoi n'est-il pas venu lui-même ?

— Il avait peur que vous ne lui claquiez la porte au nez.

— C'est en effet ce que j'aurais fait. Je ne veux pas le revoir. Point. Point final.

Elle insistait. Il ne supportait pas que je sois fâchée contre lui, il n'avait pas imaginé que je prendrais les choses tellement à cœur.

— Alors c'est qu'il est devenu idiot ; qu'il aille au diable !

— Mais vous ne vous rendez pas compte ; papa a réussi pour lui un tour de force ; à son âge, un pareil poste, c'est quelque chose de tout à fait exceptionnel. Vous ne pouvez pas exiger qu'il vous sacrifie son avenir.

— Il avait un avenir, propre, conforme à ses idées.

— Excusez-moi : à vos idées. Il a évolué.

— Il évoluera, on connaît la musique ; il mettra ses opinions d'accord avec ses intérêts. Pour l'instant il patauge dans la mauvaise foi : il ne pense qu'à réussir. Il se renie et il le sait, c'est ça qui est moche, ai-je dit avec emportement.

Irène m'a dévisagée :

— Je suppose que votre vie a toujours été impeccable, et que ça vous autorise à juger tout le monde, de très haut.

Je me suis raidie :

— J'ai essayé d'être honnête. Je voulais que Philippe le soit. Je regrette que vous l'en ayez détourné.

Elle s'est mise à rire :

— On croirait qu'il est devenu cambrioleur, ou faux-monnayeur.

— Étant donné ses convictions, je ne trouve pas son choix honorable.

Irène s'est levée :

— C'est tout de même drôle, cette sévérité, a-t-elle dit d'une voix lente. Son père qui est politiquement plus engagé que vous n'a pas rompu avec Philippe. Et vous...

Je l'ai coupée :

— Il n'a pas rompu... Vous voulez dire qu'ils se sont revus ?

— Je ne sais pas, a-t-elle dit vivement. Je sais qu'il n'avait pas parlé de rompre quand Philippe l'a mis au courant de sa décision.

— C'était avant le coup de téléphone. Mais depuis ?

— Je ne sais pas.

— Vous ne savez pas qui Philippe voit et ne voit pas ?

Elle a dit d'un air buté :

— Non.

— Soit. C'est sans importance, ai-je dit.

Je l'ai raccompagnée jusqu'à la porte. J'ai repassé dans ma tête nos dernières répliques. S'était-elle coupée par perfidie ou par maladresse ? En tout cas ma conviction était faite. Presque faite. Pas assez pour que la colère me délivre. Assez pour que l'angoisse m'étouffe.

Dès qu'André est arrivé, j'ai attaqué :

— Pourquoi ne m'as-tu pas dit que tu avais revu Philippe ?

— Qui t'a raconté ça ?

— Irène. Elle est venue me demander pourquoi je ne le revois pas puisque toi tu le revois.

— Je t'avais prévenue que je le reverrais.

— Je t'avais prévenu que je t'en voudrais à
mort. C'est toi qui l'as persuadé de m'écrire.

— Mais non.

— Bien sûr que si. Tu t'es bien foutu de moi.
« Tu sais comme ça lui en coûte de faire les premiers pas. » Et tu les avais faits ! En cachette.

— Par rapport à toi, il a fait le premier pas.

— Poussé par toi. Vous avez comploté derrière mon dos. Vous m'avez traitée comme une
enfant, comme une malade. Tu n'avais pas le
droit.

Il y avait soudain des fumées rouges dans
ma tête, un brouillard rouge devant mes yeux,
quelque chose de rouge qui criait dans ma gorge.
Mes rages contre Philippe me sont familières, je
m'y reconnais. Mais André, quand – rarement,
très rarement – je me mets en colère contre lui,
c'est une tornade qui m'emporte à des milliers
de kilomètres de lui et de moi-même dans une
solitude à la fois brûlante et glacée.

— Jamais tu ne m'avais menti ! C'est la première fois.

— Mettons que j'ai eu tort.

— Tort de revoir Philippe, tort de faire de la
complicité contre moi avec lui et Irène, tort de
me duper, de me mentir. Ça fait beaucoup de
torts.

— Écoute… Veux-tu m'écouter, calmement.

— Non. Je ne veux plus te parler, je ne veux plus te voir, j'ai besoin d'être seule, je vais prendre l'air.

— Va prendre l'air et tâche de te calmer, m'a-t-il dit sèchement.

Je suis partie dans les rues, j'ai marché comme je l'ai fait souvent pour apaiser des peurs, des colères, pour conjurer des images. Seulement je n'ai plus vingt ans, ni même cinquante, la fatigue m'a prise très vite. Je suis entrée dans un café, j'ai bu un verre de vin, les yeux blessés par la cruelle lumière du néon. Philippe, c'était fini. Marié, passé de l'autre côté. Je n'avais plus qu'André que justement je n'avais pas. Je nous croyais transparents l'un à l'autre, unis, soudés comme des frères siamois. Et il s'était désolidarisé de moi, il m'avait menti : je me retrouvais sur cette banquette, seule. À chaque seconde, évoquant son visage, sa voix, j'attisais une rancune qui me dévastait. Comme dans ces maladies où on forge sa propre souffrance, chaque inspiration vous déchirant les poumons, et cependant vous êtes obligé de respirer.

Je suis repartie, j'ai encore marché. Et alors quoi ? me demandais-je, hébétée. Nous n'allions pas nous séparer. Solitaires, nous continuerions à vivre côte à côte. J'enfouirais donc mes griefs, ces griefs que je ne voulais pas oublier. L'idée qu'un jour ma colère m'aurait quittée l'exaspérait.

Quand je suis rentrée, j'ai trouvé un mot sur

la table : « J'ai été au cinéma. » J'ai poussé la porte de notre chambre. Sur le lit, il y avait le pyjama d'André, par terre les mocassins qui lui servent de pantoufles, une pipe et un paquet de tabac et ses remèdes contre l'hypertension sur la table de nuit. Pendant un instant il a existé d'une manière poignante, comme s'il avait été éloigné de moi par une maladie ou un exil et que je le retrouve dans ces objets abandonnés. Des larmes me sont venues aux yeux. J'ai avalé un somnifère, je me suis couchée.

Quand je me suis réveillée le matin, il dormait recroquevillé, la main appuyée contre le mur. J'ai détourné les yeux. Aucun élan vers lui. Mon cœur était glacé et morne comme une chapelle désaffectée où ne rougeoie plus la moindre veilleuse. Les pantoufles, la pipe ne m'émouvaient plus ; elles n'évoquaient pas un cher absent ; elles n'étaient qu'un prolongement de cet étranger qui habitait sous le même toit que moi. Atroce contradiction de la colère née de l'amour et qui tue l'amour.

Je ne lui ai pas parlé ; pendant qu'il buvait son thé dans la bibliothèque, j'étais dans ma chambre. Il m'a appelée avant de partir, il m'a demandé :

— Tu ne veux pas qu'on s'explique ?

— Non.

Il n'y avait rien à expliquer. Cette colère, cette douleur, ce raidissement de mon cœur, les mots s'y briseraient.

Toute la journée, j'ai pensé à André et par moments quelque chose vacillait dans ma tête. Comme lorsqu'on a reçu un choc sur le crâne, que la vision s'est troublée, qu'on aperçoit du monde deux images, à des hauteurs différentes, sans pouvoir situer le dessus et le dessous. Les deux images que j'avais d'André au passé, au présent, ne s'ajustaient pas. Il y avait une erreur quelque part. Cet instant mentait : ce n'était pas lui, ce n'était pas moi, cette histoire se déroulait ailleurs. Ou alors le passé était un mirage : je m'étais trompée sur André. Ni l'un, ni l'autre, me disais-je, quand de nouveau j'y voyais clair. La vérité c'est qu'il avait changé. Vieilli. Il n'accordait plus autant d'importance aux choses. Jadis la conduite de Philippe l'aurait révolté : il se contentait de la blâmer. Il n'aurait pas manœuvré derrière mon dos, il ne m'aurait pas menti. Sa sensibilité, sa moralité se sont émoussées. Va-t-il continuer sur cette pente ? De plus en plus indifférent… Je ne veux pas. Ils appellent indulgence, sagesse, cette inertie du cœur : c'est la mort qui s'installe en vous. Pas encore, pas maintenant.

Ce jour-là a paru la première critique de mon livre. Lantier m'accusait de rabâchage. C'est un vieil imbécile, qui me déteste ; je n'aurais pas dû y être sensible. Mais comme j'étais d'humeur irritable, je me suis irritée. J'aurais aimé en parler à André, mais il aurait fallu faire la paix avec lui ; je ne voulais pas.

— J'ai fermé le laboratoire, m'a-t-il dit le soir avec un bon sourire. Nous pouvons partir pour Villeneuve et l'Italie le jour où tu voudras.

— Nous avions décidé de passer ce mois à Paris, ai-je répondu sèchement.

— Tu aurais pu changer d'avis.

— Je ne l'ai pas fait.

Le visage d'André s'est refermé :

— Tu vas continuer longtemps à me faire la gueule ?

— Je crains que oui.

— Eh bien ! tu as tort. C'est hors de proportion avec ce qui s'est passé.

— Chacun a ses mesures.

— Les tiennes sont aberrantes. Tu es toujours la même. Par optimisme, par volontarisme, tu te caches la vérité et quand elle te crève enfin les yeux, tu t'effondres ou tu exploses. Ce qui t'exaspère, et du coup ça rejaillit sur moi, c'est d'avoir surestimé Philippe.

— Tu l'as toujours mésestimé.

— Non. Simplement je ne me suis pas fait beaucoup d'illusions sur ses capacités ni sur son caractère. Et somme toute, je m'en faisais encore trop.

— Un enfant, ça ne se constate pas comme une expérience de laboratoire. Il devient ce que le font ses parents. Tu l'as joué perdant, ça ne l'a pas aidé.

— Toi tu joues toujours gagnant. Libre à toi. Mais à condition de savoir encaisser quand tu perds. Or tu ne sais pas. Tu cherches des faux-fuyants, tu piques des colères, tu accuses le tiers et le quart, n'importe quoi t'est bon pour ne pas reconnaître tes erreurs.

— Faire crédit à quelqu'un, ce n'est pas une erreur !

— Oh ! toi, le jour où tu reconnaîtras que tu as eu tort !

Je sais. Dans ma jeunesse on m'a tellement donné tort, avoir raison m'a tant coûté, que je répugne à me critiquer. Mais je n'étais pas d'humeur à en convenir. J'ai saisi la bouteille de whisky.

— Incroyable ! c'est toi qui me fais mon procès !

J'ai rempli un verre que j'ai avalé d'un trait. Le visage d'André, sa voix ; le même, un autre, aimé, haï, cette contradiction descendait dans mon corps ; mes nerfs, mes muscles se contractaient dans une espèce de tétanos.

— Dès le début tu as refusé de discuter calmement. Au lieu de ça tu t'es jetée dans des trémulations… Et maintenant tu vas te soûler ? C'est ridicule, dit-il comme j'entamais un second verre.

— Je me soûlerai si je veux. Ça ne te regarde pas, fous-moi la paix.

J'ai emporté la bouteille dans ma chambre. Je me suis mise au lit avec un roman d'espionnage, mais impossible de lire. Philippe. Son image avait un peu pâli tant ma colère contre

André m'obsédait. Soudain, à travers les vapeurs de l'alcool, il me souriait avec une intolérable douceur. Surestimé : non. Je l'avais aimé dans ses faiblesses : moins capricieux, moins nonchalant, il aurait eu moins besoin de moi. Il n'aurait pas été si délicieusement tendre s'il n'avait rien eu à se faire pardonner. Nos réconciliations, ses larmes, nos baisers. Mais il ne s'agissait alors que de peccadilles. Aujourd'hui, c'était autre chose. J'ai avalé une grande rasade de whisky, les murs se sont mis à tourner et j'ai sombré.

La lumière a filtré à travers mes paupières. Je les ai tenues fermées. J'avais la tête lourde, j'étais triste à mourir. Je ne me rappelais pas mes rêves. J'avais sombré dans des épaisseurs noires ; c'était liquide et étouffant, du mazout, et ce matin j'émergeais à peine. J'ai ouvert les yeux. André était assis dans un fauteuil au pied du lit, il me regardait en souriant :

— Mon petit, nous n'allons pas continuer comme ça.

C'était lui, au passé, au présent, le même, je le reconnaissais. Mais il restait cette barre de fer dans ma poitrine. Mes lèvres tremblaient. Me raidir davantage, couler à pic, me noyer dans les épaisseurs de solitude et de nuit. Ou essayer d'attraper cette main qui se tendait. Il parlait de cette voix égale, apaisante, que j'aime. Il admettait ses torts. Mais c'était dans mon intérêt qu'il avait parlé à Philippe. Il nous savait si tristes tous les deux qu'il avait décidé d'intervenir tout de

suite, avant que notre brouille ne se soit conso-
lidée.

— Toi qui es toujours si gaie, tu ne te rends
pas compte combien ça me désolait de te voir
te ravager ! Je comprends que sur le moment tu
m'en aies voulu. Mais n'oublie pas ce que nous
sommes l'un pour l'autre, tu ne vas pas me garder indéfiniment rancune.

J'ai souri faiblement, il s'est approché, il a
passé un bras autour de mes épaules, je me suis
agrippée à lui, et j'ai pleuré doucement. Chaude
volupté des larmes glissant sur la joue. Quelle
détente ! C'est si fatigant de détester quelqu'un
qu'on aime.

— Je sais pourquoi je t'ai menti, m'a-t-il dit un
peu plus tard. Parce que je vieillis. Te dire la vérité,
je savais que ça ferait une histoire ; ça ne m'aurait
pas arrêté autrefois ; maintenant, ça me fatigue,
l'idée d'une dispute. J'ai pris un raccourci.

— Ça veut dire que tu me mentiras de plus
en plus ?

— Non, je te promets. Par ailleurs je ne reverrai pas souvent Philippe, nous n'avons plus
grand-chose à nous dire.

— Ça te fatigue les disputes : pourtant hier
soir, tu m'as bien engueulée.

— Je ne supporte pas que tu me fasses la tête :
il vaut mieux s'engueuler.

Je lui ai souri :

— Tu as peut-être raison. Il fallait qu'on en
sorte.

Il m'a prise aux épaules :

— On en est sortis, vraiment sortis ? Tu ne m'en veux plus ?

— Absolument plus. C'est fini, fini.

C'était fini ; nous étions réconciliés. Mais nous étions-nous tout dit ? Moi en tout cas, non. Quelque chose me restait sur le cœur : cette manière qu'avait André de s'abandonner à la vieillesse. Je ne voulais pas lui en parler maintenant, il fallait d'abord que le ciel fût redevenu tout à fait serein. Et lui ? Avait-il des arrière-pensées ? Me reprochait-il sérieusement ce qu'il appelait mon volontarisme optimiste ? Cet orage avait été trop bref pour rien changer entre nous : mais n'était-il pas le signe que depuis quelque temps – quand ? – imperceptiblement quelque chose avait changé ?

Quelque chose a changé, me disais-je tandis que nous roulions à cent quarante à l'heure sur l'autostrade. J'étais assise à côté d'André, nos yeux voyaient la même chaussée, le même ciel mais il y avait, invisible, impalpable, une couche isolante entre nous. S'en rendait-il compte ? Oui sans doute. S'il avait proposé cette promenade, c'était dans l'espoir que, ressuscitant celles d'autrefois, elle achèverait de nous rapprocher ; elle ne leur ressemblait pas puisqu'il n'en escomptait personnellement aucun plaisir. J'aurais dû lui savoir gré de sa gentillesse ; mais non, j'étais peinée par son indifférence. Je l'avais si bien sentie que j'avais failli refuser, mais il aurait pris cette rebuffade pour une preuve de mauvaise volonté. Que nous arrivait-il ? Il y avait eu des querelles dans notre vie, mais pour des raisons sérieuses ; par exemple à propos de l'éducation de Philippe. Il s'agissait de vrais conflits que nous liquidions dans la violence, mais vite et définitivement. Cette fois, ç'avait été un tour-billon fumeux, de la fumée sans feu, et à cause de son inconsistance même, en deux jours, il ne s'était pas tout à fait dissipé. Il faut dire aussi que jadis nous avions au lit des réconciliations fou-gueuses ; dans le désir, le trouble, le plaisir, les griefs oiseux étaient calcinés ; nous nous retrou-vions en face l'un de l'autre, neufs et joyeux. Maintenant nous étions privés de ce recours.

J'ai vu l'écriteau, j'ai écarquillé les yeux.

— Quoi ? C'est Milly ? Déjà ? Il y a vingt minutes que nous sommes partis.

— J'ai bien roulé, a dit André.

Milly. Quand maman nous emmenait voir grand-mère, quelle expédition ! C'était la cam-pagne, d'immenses champs de blé doré au bord desquels nous cueillions des coquelicots. Ce vil-lage lointain était maintenant plus proche de Paris qu'au temps de Balzac Neuilly ou Auteuil.

André a eu du mal à garer l'auto, c'était jour de marché : un grouillement de voitures et de piétons. J'ai reconnu les vieilles Halles, l'hôtel du Lion d'or, les maisons et leurs tuiles aux couleurs passées. Mais les éventaires dressés sur la place la transformaient. Ustensiles en plastique, jouets, bonneterie, boîtes de conserve, parfumeries, bijoux n'évoquaient pas les anciennes foires de village : répandus en plein air, c'était *Monoprix, Inno*. Portes et parois en verre, une grande librairie étincelait, remplie de livres et de magazines aux couvertures glacées. La maison de grand-mère, jadis située un peu en dehors du bourg, était remplacée par un immeuble de cinq étages, pris dans l'agglomération.

— Tu veux boire un verre ?

— Oh ! non, ai-je dit. Ce n'est plus mon Milly.

Décidément, plus rien n'était pareil : ni Milly, ni Philippe, ni André. Et moi ?

— Vingt minutes pour venir à Milly, c'est un miracle, ai-je dit comme nous remontions dans la voiture. Seulement ce n'est plus Milly.

— Voilà. Voir changer le monde, c'est à la fois miraculeux et désolant.

J'ai réfléchi :

— Tu vas encore te moquer de mon optimisme : pour moi c'est surtout miraculeux.

— Mais pour moi aussi. Le désolant quand on vieillit n'est pas dans les choses, mais en soi-même.

— Je ne trouve pas. Là aussi on perd, mais on gagne.

— On perd beaucoup plus qu'on ne gagne. À vrai dire, je ne vois pas ce qu'on gagne. Tu peux me le dire ?

— C'est agréable d'avoir derrière soi un long passé.

— Tu crois que tu *l'as* ? Pas moi le mien. Essaie donc de te le raconter.

— Je sais qu'il est là. Il donne de l'épaisseur au présent.

— Soit. Et quoi encore ?

— Intellectuellement, on domine mieux les questions ; on oublie beaucoup, d'accord, mais même ce qui est oublié reste à notre disposition, d'une certaine façon.

— Peut-être dans ta branche. Moi je suis de plus en plus ignorant de tout ce qui n'est pas ma spécialité. Pour me mettre au courant de la physique quantique, il faudrait que je retourne à l'Université, comme un simple étudiant.

— Rien ne t'en empêche.

— Je le ferai peut-être.

— C'est drôle, ai-je dit. Nous sommes d'accord sur tous les points ; et pas sur celui-ci : je ne vois pas ce qu'on perd à vieillir.

Il a souri :

— La jeunesse.

— Ce n'est pas un bien en soi.

— La jeunesse est ce que les Italiens appellent d'un si joli nom : la *stamina*. La sève, le feu, qui permet d'aimer et de créer. Quand tu as perdu ça, tu as tout perdu.

Il avait parlé avec un tel accent que je n'osais pas l'accuser de complaisance. Quelque chose le rongeait, que moi j'ignorais. Que je ne souhaitais pas connaître, qui m'effrayait. C'était peut-être ça qui nous séparait.

— Jamais je ne croirai que tu ne puisses plus créer, ai-je dit.

— Bachelard a écrit : « Les grands savants sont utiles à la science dans la première moitié de leur vie, nuisibles dans la seconde. » On me tient pour un savant. Tout ce que je peux faire à présent, c'est donc essayer de ne pas être trop nuisible.

Je n'ai rien répondu. Vrai ou faux, il croyait à ce qu'il disait ; protester aurait été futile. Je comprenais que mon optimisme l'agaçât souvent : c'était une manière d'éluder son problème. Mais que faire ? Je ne pouvais pas l'affronter à sa place. Le mieux, c'était de me taire. Nous avons roulé en silence jusqu'à Champeaux.

— Cette nef est vraiment belle, a dit André comme nous entrions dans l'église. Elle rappelle beaucoup celle de Sens, mais les proportions en sont plus heureuses.

— Oui, elle est belle. Je ne me souviens plus de celle de Sens.

— C'est la même alternance de grosses colonnes isolées et de minces colonnes géminées.

— Quelle mémoire tu as !

Nous avons regardé avec conscience la nef, le chœur, le transept. La collégiale n'était pas moins belle parce que j'étais montée sur l'Acropole, mais mon humeur n'était plus la même qu'au temps où dans un vieux tacot nous ratissions systématiquement l'Île-de-France. Aucun de nous deux n'était dans le coup. Je ne m'intéressais pas vraiment aux chapiteaux sculptés, aux stalles dont les miséricordes nous avaient jadis tant amusés.

En sortant de l'église, André m'a demandé :

— Crois-tu que la *Truite d'Or* existe encore ?

— Allons voir.

C'était jadis un de nos endroits favoris, cette petite auberge, au bord de l'eau, où l'on mangeait des plats simples et délectables. Nous y avions fêté nos noces d'argent et depuis nous n'y étions pas retournés. Silencieux, pavé de petites pierres, ce village-là n'avait pas changé. Nous avons parcouru la grand-rue dans les deux sens : la *Truite d'Or* avait disparu. Le restaurant où nous nous sommes arrêtés, dans la forêt, nous a déplu : peut-être parce que nous le comparions avec des souvenirs.

— Et maintenant, que faisons-nous ? ai-je dit.

— Nous avions parlé du château de Vaux, des tours de Blandy.

— Mais as-tu envie d'y aller ?

— Pourquoi pas ?

Il s'en fichait, et du même coup moi aussi, mais aucun de nous deux n'osait le dire. À quoi pensait-il au juste, tandis que nous roulions sur de petites routes à l'odeur de feuillage ? Au désert de son avenir ? Je ne pouvais pas l'y suivre. Je le sentais seul à côté de moi. Je l'étais aussi.

Philippe avait essayé plusieurs fois de me télé-
phoner. J'avais raccroché dès que je reconnaissais sa voix. Je m'interrogeais. Avais-je eu pour
lui trop d'exigence ? André trop de dédaigneuse
indulgence ? Était-ce de cette discordance qu'il
avait pâti ? J'aurais voulu en discuter avec André,
mais je craignais de rallumer une querelle.

Le château de Vaux, les tours de Blandy : nous
avons exécuté notre programme. Nous disions :
« Je me rappelais bien, je ne me rappelais pas,
ces tours sont superbes… » Mais en un sens, voir
des choses, c'est oiseux. Il faut qu'un projet, ou
une question vous attache à elles. Je n'apercevais
que des pierres entassées les unes sur les autres.

Cette journée ne nous avait pas rapprochés, je
nous sentais tous deux déçus et très loin l'un de
l'autre tandis que nous revenions vers Paris. Il
me semblait que nous ne pouvions plus nous parler. Ça serait donc vrai ce qu'ils racontent sur la
non-communication ? Comme je l'avais entrevu
dans la colère, nous étions voués à la solitude, au
silence ? L'avais-je toujours été, était-ce par optimisme buté que j'avais prétendu le contraire ?
« Il faut faire un effort », me suis-je dit en me
couchant. « Demain matin nous causerons. On
essaiera d'aller au fond des choses. » Si notre
querelle n'était pas liquidée, c'est qu'elle n'avait
été qu'un symptôme. Il fallait tout reprendre,
à la racine. En particulier ne pas craindre de
reparler de Philippe. Un seul sujet interdit, et
tout notre dialogue se trouve bloqué.

J'ai servi le thé et je cherchais mes mots pour amorcer cette explication quand André m'a dit :

— Tu sais ce dont j'ai envie ? C'est d'aller tout de suite à Villeneuve. Je me reposerais mieux qu'à Paris.

Voilà donc la conclusion qu'il avait tirée de cette journée manquée : au lieu de chercher un rapprochement, il fuyait ! Ça lui arrive de passer sans moi quelques jours chez sa mère, par affection pour elle. Mais là c'était une manière d'échapper à notre tête-à-tête. J'ai été blessée au vif.

— Excellente idée, ai-je dit avec sécheresse. Ta mère sera ravie. Vas-y.

Du bout des lèvres il a demandé :

— Tu ne veux pas venir ?

— Tu sais très bien que je n'ai aucune envie de quitter Paris si vite. Je viendrai à la date prévue.

— Comme tu voudras.

De toute façon, je serais restée ; je voulais travailler et aussi voir comment mon livre serait accueilli ; en parler avec des amis. Mais j'ai été déconcertée qu'il n'insiste pas davantage. J'ai demandé avec froideur :

— Quand penses-tu t'en aller ?

— Je ne sais pas ; bientôt. Je n'ai rien à foutre ici.

— Bientôt, ça veut dire quoi : demain ? après-demain ?

— Pourquoi pas demain matin ?

Nous serions donc séparés quinze jours :

jamais il ne me quittait plus de trois ou quatre, sauf pour des congrès. M'étais-je montrée si désagréable ? Il aurait dû en discuter avec moi au lieu de fuir. Ce n'était pourtant pas dans son style, les dérobades. Je n'y voyais qu'une explication, toujours la même : il vieillissait. J'ai pensé avec irritation : « Qu'il aille cuver sa vieillesse ailleurs. » Je n'allais certainement pas lever un doigt pour le retenir.

Nous avons convenu qu'il prendrait la voiture. Il a passé la journée au garage, à faire des courses, à donner des coups de téléphone ; il a dit adieu à ses collaborateurs. Je l'ai à peine vu. Quand il est monté dans l'auto le lendemain, nous avons échangé des baisers et des sourires. Je me suis retrouvée dans la bibliothèque, ahurie. J'avais l'impression qu'en me laissant plantée là, André me punissait. Non ; il avait simplement voulu se délivrer de moi.

Passé le premier étonnement, je me suis sentie légère. La vie à deux exige qu'on décide. « À quelle heure le repas ? Qu'aimerais-tu manger ? » Les projets se formulent. Dans la solitude, les actes se font sans préméditation, c'est reposant. Je me levais tard, je restais enroulée dans la tiédeur des draps, essayant de rattraper au vol des lambeaux de mes rêves. Je lisais mon courrier en buvant mon thé, et je chantonnais : « Je me passe… je me passe… je me passe très bien de toi. » Entre mes heures de travail, je flânais.

Cet état de grâce a duré trois jours. L'après-midi du quatrième, on a sonné à petits coups précipités. Une seule personne sonne ainsi. Mon cœur s'est mis à battre avec violence. J'ai demandé à travers la porte :

— Qui est là ?

— Ouvre, a crié Philippe. Je laisse le doigt sur la sonnette jusqu'à ce que tu ouvres.

J'ai ouvert et tout de suite il y a eu ses bras autour de moi, sa tête inclinée sur mon épaule.

— Ma petite, ma chérie, je t'en prie, ne me déteste pas. Je ne peux pas vivre brouillé avec toi. Je t'en prie. Je t'aime tant !

Si souvent cette voix suppliante a fait fondre mes rancunes ! Je l'ai laissé entrer dans la biblio-thèque. Il m'aimait, je ne pouvais pas en douter. Est-ce qu'autre chose comptait ? Les vieux mots me venaient aux lèvres : « Mon petit garçon », mais je les ai refoulés. Ce n'était pas un petit garçon.

— N'essaie pas de m'attendrir, c'est trop tard. Tu as tout gâché.

— Écoute j'ai peut-être eu tort, j'ai peut-être mal agi, je ne sais plus, je n'en dors plus. Mais je ne veux pas te perdre, aie pitié de moi, tu me rends si malheureux !

Des larmes enfantines brillaient dans ses yeux. Mais ce n'était plus un enfant. Un homme, le mari d'Irène, un petit monsieur.

— Ça serait trop commode, ai-je dit. Tu fais ton coup en douce, en sachant parfaitement que tu creuses un fossé entre nous. Et tu voudrais

que j'encaisse avec le sourire, que tout rede-
vienne comme avant ! Non et non.

— Vraiment tu es trop dure, trop sectaire. Il
y a des parents et des enfants qui s'aiment sans
avoir les mêmes opinions politiques.

— Il ne s'agit pas d'une divergence d'opinions. Tu changes de camp par ambition, par
arrivisme. C'est ça qui est moche.

— Mais non. Mes idées ont changé ! Je suis
peut-être influençable, mais c'est vrai que je me
suis mis à voir les choses sous un autre angle. Je
te le jure !

— Alors tu aurais dû me prévenir plus tôt. Ne
pas faire tes manigances derrière mon dos et me
mettre ensuite devant le fait accompli. Je ne te
pardonnerai jamais ça.

— Je n'ai pas osé. Tu as une manière de me
regarder qui me fait peur.

— Tu disais toujours ça : ça n'a jamais été
une excuse.

— Pourtant tu me pardonnais. Pardonne-moi
encore cette fois. Je t'en supplie. Je ne supporte
pas d'être mal avec toi.

— Je n'y peux rien. Tu as agi d'une telle façon
que je ne peux plus t'estimer.

L'orage a grondé dans ses yeux : je préférais
ça. Sa colère soutiendrait la mienne.

— Tu as des mots qui me tuent. Moi je ne
me suis jamais demandé si je t'estimais ou non.
Tu ferais des conneries, je ne t'en aimerais pas
moins. Pour toi l'amour, il faut que ça se mérite.

Mais si : je me suis donné assez de mal pour ne pas démériter. Tous mes désirs – être aviateur, ou coureur automobile, ou reporter, l'action, l'aventure – tu les tenais pour des caprices ; je les ai sacrifiés, pour te faire plaisir. La première fois que je ne te cède pas, tu te brouilles avec moi.

Je l'ai interrompu :

— Tu noies le poisson. Ta conduite m'indigne, voilà pourquoi je ne veux plus te voir.

— Elle t'indigne parce qu'elle contredit tes projets. Je n'allais tout de même pas t'obéir toute ma vie. Tu es trop tyrannique. Au fond tu n'as pas de cœur, seulement de la volonté de puissance. Il y avait de la rage et des larmes dans sa voix : – Eh bien ! adieu, méprise-moi tout ton soûl, je me passerai de toi.

Il a marché vers la porte, il l'a claquée derrière lui. Je suis restée debout dans le vestibule, pensant : Il va revenir. Il revenait toujours. Je n'aurais plus eu le courage de résister, j'aurais pleuré avec lui. Au bout de cinq minutes j'ai regagné la bibliothèque, je me suis assise et j'ai pleuré, seule. « Mon petit garçon… » Qu'est-ce qu'un adulte ? un enfant gonflé d'âge. Je le dépouillais de son âge, je retrouvais ses douze ans, impossible de lui en vouloir. Et cependant non, c'était un homme. Aucune raison de le juger moins sévèrement qu'un autre. Ai-je le cœur dur ? Y a-t-il des gens capables d'aimer sans estime ? Où commence, où finit l'estime ? Et l'amour ? S'il avait raté sa carrière universitaire, s'il avait eu une vie médiocre jamais ma tendresse ne lui aurait manqué : parce qu'il en aurait eu besoin. Si je lui étais devenue inutile mais dans la fierté, j'aurais continué gaiement à le chérir. Mais à la fois il m'échappe, et je le condamne. Qu'ai-je à faire de lui ?

La tristesse était retombée sur moi et elle ne m'a plus quittée. Désormais, si je m'attardais au lit le matin, c'est que j'avais du mal à réveiller sans secours le monde et ma vie. J'hésitais à plonger seule dans la monotonie de la journée. Une fois debout, j'étais parfois tentée de me recoucher jusqu'au soir. Je me jetais dans le travail, je restais des heures d'affilée à ma table, me nourrissant de jus de fruit. Quand je m'arrêtais en fin d'après-midi, j'avais la tête brûlante et les os douloureux. Il m'arrivait de m'endormir si lourdement sur mon divan qu'au réveil j'éprouvais une stupeur angoissée : comme si ma conscience émergeant anonymement de la nuit hésitait, avant de se réincarner. Ou c'était le décor familier que je contemplais d'un œil incrédule : envers illusoire et chatoyant du néant où j'avais plongé. Mon regard s'attardait avec surprise sur les objets que j'avais rapportés des quatre coins de l'Europe. Mes voyages, l'espace n'en a pas conservé la trace, ma mémoire néglige de les évoquer ; et les poupées, les vases, les bibelots sont là. Un rien me fascinait, m'obsédait. Rencontre d'un foulard rouge et d'un coussin violet : quand ai-je vu pour la dernière

fois des fuchsias, leur robe d'évêque et de cardi-
nal, leur long sexe frêle ? le volubilis lumineux,
la simple églantine, le chèvrefeuille échevelé,
les narcisses, ouvrant dans leur blancheur de
grands yeux étonnés, quand ? Il pouvait ne plus
en exister au monde et je ne le saurais pas. Ni
de nénuphars sur les étangs, ni de blé noir dans
les champs. La terre est autour de moi comme
une vaste hypothèse que plus jamais je ne vérifie.

Je m'arrachais à ces brumes, je descendais
dans les rues, je regardais le ciel, les maisons
mal reblanchies. Rien ne me touchait. Clairs de
lune et couchers de soleil, odeur de printemps
mouillé, de goudron chaud, lueurs et saisons,
j'ai connu des instants au pur éclat de diamant ;
mais toujours sans les avoir sollicités. Ils surgis-
saient par surprise, trêve inespérée, promesse
inattendue, en travers des occupations qui m'exi-
geaient ; j'en jouissais, à la sauvette, en sortant
du lycée, ou d'une bouche de métro, sur mon
balcon entre deux séances de travail, sur le boulevard quand je me hâtais pour retrouver André.
Maintenant, je marchais dans Paris, disponible,
attentive et glacée d'indifférence. L'excès de
mes loisirs en me livrant le monde m'empêchait
de le voir. Ainsi par les chauds après-midi, le
soleil fusant à travers des persiennes fermées
fait briller en moi toute la splendeur de l'été ; il
m'aveugle si je l'affronte dans sa crudité torride.

Je rentrais, je téléphonais à André, ou c'était
lui qui m'appelait. Sa mère était plus combative

que jamais, il revoyait de vieux camarades, il se promenait, il jardinait. Sa cordialité enjouée me déprimait. Je me disais que nous nous retrouverions exactement au même point, avec ce mur de silence entre nous. Ça ne rapproche pas, le téléphone, ça confirme les distances. On n'est pas deux comme dans une conversation puisqu'on ne se voit pas. On n'est pas seul comme devant le papier qui permet de se parler en parlant à l'autre, de chercher, de trouver la vérité. J'ai eu envie de lui écrire : mais quoi ? À mon ennui se mêlait une inquiétude. Les amis à qui j'avais envoyé mon essai auraient dû m'écrire pour m'en parler : aucun ne le faisait, pas même Martine. La semaine qui a suivi le départ d'André, il y a eu d'un seul coup un grand nombre d'articles sur mon livre. Ceux du lundi m'ont déçue, ceux du mercredi irritée, ceux du jeudi atterrée. Les plus sévères parlaient de rabâchage ; les plus bienveillants d'intéressante mise au point. À tous l'originalité de mon travail avait échappé. N'avais-je pas su la mettre en lumière ? J'ai appelé Martine. Les critiques étaient stupides, m'a-t-elle dit, il ne fallait pas que j'en tienne compte. Son propre avis, elle voulait attendre d'avoir fini le livre pour me le donner, elle allait l'achever et y réfléchir ce soir même, elle viendrait le lendemain à Paris. En reposant le récepteur, j'avais la bouche amère. Martine n'avait pas voulu me parler au téléphone : son jugement était donc défavorable.

Je ne comprenais pas. D'ordinaire je ne m'abuse pas sur ce que je fais.

Trois semaines s'étaient écoulées depuis notre rencontre au parc Montsouris – trois semaines qui comptent parmi les plus désagréables de ma vie. Normalement j'aurais été heureuse à l'idée de revoir Martine. Mais je me sentais plus angoissée que lorsque j'attendais les résultats de l'agrégation. Après de rapides politesses, j'ai foncé :

— Alors ? qu'en pensez-vous ?

Elle m'a répondu, avec des phrases pondérées, qu'on sentait soigneusement préparées. Cet essai était une excellente synthèse, il élucidait certains points obscurs, il mettait utilement en lumière ce que mon œuvre avait apporté de neuf.

— Mais lui-même, apporte-t-il quelque chose de neuf ?

— Ce n'est pas son but.

— C'était le mien.

Elle s'est troublée ; j'ai insisté, je l'ai harcelée. D'après elle, les méthodes que je proposais, je les avais appliquées dans mes études antérieures ; dans beaucoup de passages, je les avais même nettement explicitées. Non, je n'innovais pas. Il s'agissait plutôt, comme l'avait dit Pélissier, d'une solide mise au point.

— J'avais voulu faire tout autre chose.

J'étais à la fois sonnée et incrédule, comme il arrive souvent quand une mauvaise nouvelle s'abat sur vous. L'unanimité du verdict était accablante. Et cependant je me disais : « Je ne peux pas m'être trompée à ce point. »

Dans le jardin où nous avons dîné, aux portes de Paris, j'ai fait un gros effort pour dissimuler ma contrariété. J'ai fini par dire :

— Je me demande si à partir de soixante ans on n'est pas condamné à se répéter.

— Quelle idée !

— Des peintres, des musiciens, même des philosophes qui se soient surpassés dans leur vieillesse, il y en a beaucoup ; mais des écrivains, vous pouvez m'en citer ?

— Victor Hugo.

— Soit. Mais qui d'autre ? Montesquieu s'est pratiquement arrêté à cinquante-neuf ans, avec *L'Esprit des lois* qu'il avait conçu depuis bien des années.

— Il doit y avoir des cas.

— Mais aucun ne vous vient à l'esprit.

— Allons ! vous n'allez pas vous décourager, m'a dit Martine avec reproche. Toutes les œuvres comportent des hauts et des bas. Ce coup-ci, vous n'avez pas tout à fait réussi ce que vous souhaitiez : vous prendrez votre revanche.

— En général mes échecs me stimulent. Cette fois c'est différent.

— Je ne vois pas en quoi.

— À cause de l'âge. André affirme que les savants sont finis bien avant cinquante ans. En littérature, sans doute vient-il aussi un moment où on ne peut plus que piétiner.

— En littérature je suis sûre que non, a dit Martine.

— Et pour les sciences ?

— Là je ne suis pas compétente.

J'ai revu le visage d'André. Avait-il éprouvé le même genre de déception que moi ? Une fois, définitivement ? ou à plusieurs reprises ?

— Vous avez des scientifiques parmi vos amis. Que pensent-ils d'André ?

— Que c'est un très grand savant.

— Mais comment jugent-ils ce qu'il fait en ce moment ?

— Il a une excellente équipe, leurs travaux sont très importants.

— Il dit que toutes les idées neuves viennent de ses collaborateurs.

— Ça, c'est possible. Il paraît que c'est seulement dans la force de l'âge que les savants trouvent. Dans les sciences, presque tous les prix Nobel sont des hommes jeunes.

J'ai soupiré :

— Donc André a raison : il ne découvrira plus rien.

— On n'a pas le droit de préjuger de l'avenir, a dit Martine en changeant brusquement de ton. Après tout, il n'y a que des cas particuliers. Les généralités ne prouvent rien.

— Je voudrais le croire, ai-je dit. Et j'ai détourné la conversation.

En me quittant, Martine m'a dit d'un air hésitant :

— Je vais reprendre votre livre. Je l'ai lu trop vite.

— Vous l'avez bien lu et il est raté. Mais comme vous disiez, ce n'est pas bien grave.

— Pas grave du tout. Je suis sûre que vous écrirez encore beaucoup de très bons livres.

J'étais à peu près sûre du contraire, mais je ne l'ai pas contredite.

— Vous êtes tellement jeune ! a-t-elle ajouté.

On me dit ça souvent, et je me sens flattée. Soudain, le mot m'a agacée. C'est un compliment ambigu qui annonce de pénibles lendemains. Garder de la vitalité, de la gaieté, de la présence d'esprit, c'est rester jeune. Donc le lot de la vieillesse c'est la routine, la morosité, le gâtisme. Je ne suis pas jeune, je suis bien conservée, c'est très différent. Bien conservée, et peut-être finie. J'ai pris des somnifères et je me suis mise au lit.

Au réveil, je me suis retrouvée dans un drôle d'état : plus fébrile qu'anxieuse. J'ai laissé le téléphone aux abonnés absents, j'ai entrepris de relire mon *Rousseau* et mon *Montesquieu.* J'ai lu dix heures de suite, m'interrompant à peine pour manger deux œufs durs et une tranche de jambon. Curieuse expérience : ranimer ces textes nés de ma plume et oubliés. Par moment ils m'intéressaient, ils m'étonnaient comme si une autre les avait écrits ; cependant je reconnaissais ce vocabulaire, ces coupes de phrases, ces attaques, ces ellipses, ces tics ; ces pages étaient tout imprégnées de moi, c'était une intimité écœurante comme l'odeur d'une chambre où on est resté confiné trop longtemps. Je me suis obligée à prendre l'air, à dîner dans le petit restaurant d'à côté ; chez moi j'ai avalé des tasses de café très fort et j'ai ouvert mon dernier essai. Il m'était présent à l'esprit et je savais d'avance quel serait le résultat de cette confrontation. Tout ce que j'avais à dire avait été dit dans mes deux monographies. Je me bornais à répéter sous une autre forme les idées qui en avaient fait l'intérêt. Je m'étais abusée quand j'avais cru progresser. Et même, séparées du contenu singulier auquel je les avais appliquées, mes méthodes perdaient de leur subtilité, de leur souplesse. Je n'apportais rien de neuf ; absolument rien. Et je savais que le second tome ne faisait que prolonger ce piétinement. Voilà : j'avais passé trois ans à écrire un livre inutile. Pas seulement manqué, comme certains autres, où, à travers des maladresses et des tâtonnements, j'ouvrais des perspectives. Inutile. À jeter au feu.

Ne pas préjuger de l'avenir. Facile à dire. Je le voyais. Il s'étendait devant moi à perte de vue, plat, nu. Pas un projet, pas un désir. Je n'écrirais plus. Alors que ferais-je ? Quel vide en moi, autour de moi. Inutile. Les Grecs appelaient leurs vieillards des frelons. « Inutile frelon », se dit Hécube dans *Les Troyennes*. Il s'agit de moi. J'étais foudroyée. Je me demandais comment on réussit encore à vivre quand on n'espère plus rien de soi.

Par amour-propre je n'ai pas voulu avancer mon départ et au téléphone je n'ai parlé de rien à André. Mais comme les trois jours qui ont suivi m'ont semblé longs ! Galettes plates dans leurs jaquettes aux couleurs vives, volumes serrés sur les planches de bois, ni la musique, ni les phrases ne pouvaient rien pour moi. Avant j'en attendais un stimulant ou un repos. Je n'y voyais plus qu'un divertissement dont la gratuité m'écœurait. Aller à une exposition, retourner au Louvre ? J'avais tant souhaité en avoir le temps quand il me manquait. Mais si dix jours plus tôt je n'avais su voir dans les églises et les châteaux que des pierres entassées, ce serait pire encore, à présent. Du tableau à mon regard, rien ne passerait. Sur la toile, je n'apercevrais que des couleurs crachées par un tube et étalées par un pinceau. Me promener m'ennuyait, je l'avais déjà constaté. Mes amis étaient en vacances et d'ailleurs je ne souhaitais ni leur sincérité, ni leurs mensonges. Philippe… avec quelle douleur je le regrettais ! J'écartais son image, elle me faisait venir les larmes aux yeux.

Je suis donc restée chez moi, à ruminer. Il faisait très chaud ; même si j'abaissais les stores, j'étouffais. Le temps stagnait. C'est terrible – j'ai envie de dire c'est injuste – qu'il puisse passer à la fois si vite et si lentement. Je franchissais la porte du lycée de Bourg, aussi jeune presque que mes élèves, je regardais avec apitoiement les vieux professeurs aux cheveux gris. Et hop !

je suis devenue un vieux professeur, et puis la porte du lycée s'est refermée. Pendant des années mes classes m'ont donné l'illusion de ne pas changer d'âge : à chaque rentrée, je les retrouvais, aussi jeunes, et j'épousais cette immobilité. Dans l'océan du temps j'étais un rocher battu de vagues toujours neuves et qui ne bouge pas, et qui ne s'use pas. Et soudain le flux m'emporte et m'emportera jusqu'à ce que j'échoue dans la mort. Tragiquement ma vie se précipite. Et cependant elle s'égoutte en ce moment avec quelle lenteur – heure par heure, minute par minute. Il faut toujours attendre que le sucre fonde, que le souvenir s'efface, que la blessure se cicatrise, que le soleil se couche, que l'ennui se dissipe. Étrange coupure entre ces deux rythmes. Au galop mes jours m'échappent et en chacun d'eux je languis.

Il ne me restait qu'un espoir : André. Mais pourrait-il combler ce vide en moi ? Où en étions-nous ? Et d'abord, qu'avions-nous été l'un pour l'autre, tout au long de cette vie qu'on appelle commune ? Je voulais en décider sans tricher. Pour cela, il fallait récapituler notre histoire. Je m'étais toujours promis de le faire. J'essayai. Carrée dans un profond fauteuil, les yeux au plafond, je me racontai nos premières rencontres, notre mariage, la naissance de Philippe. Je n'apprenais rien que je n'aie déjà su. Quelle pauvreté ! « Le désert du passé », a dit Chateaubriand. Il a raison, hélas !

Je m'étais plus ou moins imaginé que ma vie, derrière moi, était un paysage dans lequel je pourrais me promener à ma guise, découvrant peu à peu ses méandres et ses replis. Non. Je suis capable de réciter des noms, des dates, comme un écolier débite une leçon bien apprise sur un sujet qui lui est étranger. Et de loin en loin, ressuscitent des images mutilées, pâlies, aussi abstraites que celles de ma vieille histoire de France ; elles se découpent arbitrairement, sur un fond blanc. Le visage d'André ne change jamais à travers ces évocations. J'ai arrêté. Ce qu'il fallait, c'était réfléchir. M'a-t-il aimée comme je l'aimais ? Au début, je pense que oui, ou plutôt la question ne se posait pas, à aucun de nous deux : nous nous entendions si bien. Mais quand son travail a cessé de le satisfaire, s'est-il avisé que notre amour ne lui suffisait pas ? En a-t-il été déçu ? Je pense qu'il me considère comme un invariant, dont la disparition le déconcerterait, mais qui ne saurait modifier en rien son destin, la partie se jouant ailleurs. Alors même ma compréhension ne lui apportera pas grand-chose. Une autre femme réussirait-elle à lui donner davantage ? La barrière entre nous, qui l'avait élevée ? Lui, moi, nous deux ? Y avait-il une chance de l'abattre ? J'étais fatiguée de m'interroger. Les mots se décomposaient dans ma tête : amour, entente, désaccord, c'étaient des bruits, dénués de sens. En avaient-ils jamais eu ? Lorsque j'ai pris le

Mistral, au début d'un après-midi, je ne savais absolument pas ce qui m'attendait.

Il m'attendait sur le quai de la gare. Après tant d'images et de mots, et cette voix désincarnée, l'évidence soudain d'une présence ! Hâlé par le soleil, aminci, les cheveux coupés de frais, vêtu d'un pantalon de toile et d'une chemisette à manches courtes, il était un peu différent de l'André que j'avais quitté, mais c'était lui. Ma joie ne pouvait pas être fausse, elle ne pouvait pas en quelques instants s'anéantir. Ou si ? Il avait des gestes affectueux pour m'installer dans l'auto, et des sourires pleins de gentillesse tandis que nous roulions vers Villeneuve. Mais nous sommes si habitués à nous parler aimablement que ni les gestes ni les sourires ne signifiaient grand-chose. Était-il vraiment content de me revoir ?

Manette a mis sa main sèche sur mon épaule, un baiser rapide sur mon front : « Bonjour, ma petite enfant. » Quand elle sera morte, personne ne m'appellera plus « ma petite enfant ». Il m'est difficile de penser que j'ai quinze ans de plus que sa première apparition. À quarante-cinq ans, elle me semblait presque aussi âgée qu'aujourd'hui.

Je me suis assise dans le jardin avec André ; les roses meurtries par le soleil exhalaient une odeur poignante comme une plainte. Je lui ai dit :

— Tu as rajeuni.

— C'est la vie champêtre ! Comment vas-tu, toi ?

— Physiquement bien. Mais tu as vu mes critiques ?

— Quelques-unes.

— Pourquoi ne m'avais-tu pas avertie que mon livre ne valait rien ?

— Tu exagères. Il est moins différent des autres que tu ne pensais. Mais il est plein de choses intéressantes.

— Il ne t'a pas tellement intéressé.

— Oh ! moi… Plus rien ne m'accroche. Il n'y a pas pire lecteur que moi.

— Même Martine le juge sévèrement ; et, réflexion faite, moi aussi.

— Tu essayais quelque chose de très difficile, tu as un peu tâtonné. Mais je suppose que maintenant tu y vois clair ; tu te rattraperas dans le second volume.

— Non hélas ! C'est la conception même du livre qui est erronée. Le second volume serait aussi mauvais que le premier. Je laisse tomber.

— C'est une décision bien hâtive. Fais-moi lire ton manuscrit.

— Je ne l'ai pas apporté. Je *sais* que c'est mauvais, crois-moi.

Il m'a regardée avec perplexité. Je ne me décourage pas aisément, il le sait.

— Que vas-tu faire à la place ?

— Rien. Je croyais avoir du pain sur la planche pour deux ans. Brusquement, c'est le vide.

Il a mis sa main sur la mienne :

— Je comprends que tu sois embêtée. Mais

ne te frappe pas trop. Pour l'instant, c'est forcément le vide. Et puis un jour une idée te viendra.

— Tu vois comme on est optimiste quand il
s'agit d'autrui.

Il a insisté, c'était son rôle. Il a cité des auteurs
dont il aurait été intéressant de parler. Mais
recommencer mon *Rousseau*, mon *Montesquieu*, à
quoi bon ? J'avais voulu trouver un autre angle :
je ne le trouverais pas. Je me rappelais les choses
qu'André m'avait dites. Ces résistances dont il
m'avait parlé, je les rencontrais en moi. Mon
approche des problèmes, mes habitudes d'esprit, mes perspectives, mes présuppositions,
c'était moi-même, je n'imaginais pas d'en changer. Mon œuvre était arrêtée, finie. Ma vanité
n'en souffrait pas. Si j'avais dû mourir dans la
nuit, j'aurais estimé avoir réussi ma vie. Mais
j'étais effrayée par ce désert à travers lequel j'allais me traîner jusqu'à ce que mort s'ensuive.
Pendant le dîner, j'ai eu peine à faire bonne
figure. Heureusement Manette et André se sont
disputés avec passion, à propos des rapports
sino-soviétiques.

Je suis montée me coucher tôt. Ma chambre
sentait bon la lavande, le thym et les aiguilles de
pin : il me semblait l'avoir quittée la veille. Un an
déjà ! chaque année passe plus vite que la précé-
dente. Je n'aurais pas tellement à attendre avant
de m'endormir à jamais. Cependant je savais
combien les heures peuvent lentement se traîner.
Et j'aime encore trop la vie pour que l'idée de

la mort me console. Dans le silence campagnard j'ai tout de même dormi d'un sommeil apaisant.

— Tu veux te promener ? m'a demandé André le lendemain matin.

— Bien sûr.

— Je vais te montrer un joli coin que j'ai redécouvert. Au bord du Gard. Prends un costume de bain.

— Je n'en ai pas apporté.

— Manette t'en prêtera un. Tu verras, tu seras tentée.

Nous avons suivi en auto à travers les garrigues d'étroites routes poussiéreuses. André parlait avec volubilité. Depuis bien des années il n'avait fait ici un aussi long séjour. Il avait eu du temps pour explorer à neuf la région, pour revoir des camarades d'enfance : il semblait décidément beaucoup plus jeune et gai qu'à Paris. Je ne lui avais pas du tout manqué, c'était visible. Pendant combien de temps se serait-il joyeusement passé de moi ?

Il a arrêté la voiture :

— Tu vois cette tache verte, en bas ? C'est le Gard. Il forme une espèce de cuvette, c'est idéal pour se baigner et l'endroit est ravissant.

— Dis donc, ça fait un bout de chemin. Il faudra remonter.

— Ce n'est pas fatigant, je l'ai fait souvent.

Il a dévalé le raidillon, très vite, d'un pied sûr. Je le suivais de loin, en me freinant, et en trébuchant un peu : une chute, une fracture, à mon âge ça n'aurait rien eu de drôle. Je pouvais monter vite, mais je n'avais jamais été très bonne pour les descentes.

— Ce n'est pas joli ?

— Très joli.

Je me suis assise à l'ombre d'un rocher. Pour me baigner, non. Je nage mal. Et même devant André, je répugne à me montrer en costume de bain. Un corps de vieux, c'est tout de même moins moche qu'un corps de vieille, me suis-je dit en le regardant s'ébrouer dans l'eau. Eau verte, ciel bleu, odeur de maquis : j'aurais été mieux ici qu'à Paris. Si seulement il avait insisté, je serais venue plus tôt : mais c'est justement ce qu'il n'avait pas souhaité.

Il s'est assis à côté de moi sur le gravier.

— Tu as eu tort. C'était fameux !

— J'étais très bien ici.

— Comment as-tu trouvé maman ? Elle est étonnante, hein ?

— Étonnante. Qu'est-ce qu'elle fait toute la journée ?

— Elle lit beaucoup ; elle écoute la radio. Je lui ai proposé de lui acheter une télévision mais elle a refusé ; elle m'a dit : « Je ne laisse pas entrer n'importe qui chez moi. » Elle jardine. Elle va aux réunions de sa cellule. Elle n'est jamais en peine, comme elle dit.

— En somme, c'est la meilleure période de sa vie.

— Sûrement. C'est un des cas où la vieillesse

est un âge heureux : quand on a mené une vie dure et plus ou moins dévorée par les autres.

Quand nous avons commencé à remonter, il faisait très chaud ; le chemin était plus long, plus ardu qu'André ne l'avait dit. Il marchait à longues enjambées ; et moi qui grimpais si gaillardement autrefois, je me traînais, loin derrière lui, c'était vexant. Le soleil me vrillait les tempes, l'agonie stridente des cigales amoureuses me lancinait les oreilles ; je haletais.

— Tu marches trop vite, ai-je dit.

— Prends ton temps. Je t'attends en haut.

Je me suis arrêtée, en sueur. Je suis repartie. Je n'étais plus maîtresse de mon cœur, de mon souffle ; mes jambes m'obéissaient à peine ; la lumière me blessait les yeux ; le chant d'amour et de mort des cigales, dans sa monotonie têtue, me faisait grincer les nerfs. Je suis arrivée à la voiture le visage et la tête en feu, au bord, me semblait-il, de la congestion.

— Je suis morte.

— Tu aurais dû monter plus doucement.

— Je les retiens, tes petits sentiers faciles.

Nous sommes rentrés en silence. J'avais tort de m'irriter pour une broutille. J'ai toujours été colérique : allais-je devenir acariâtre ? Il fallait que je fasse attention. Mais je n'arrivais pas à surmonter mon dépit. Et je me sentais si mal en point que j'ai craint une insolation. J'ai mangé deux tomates et j'ai été me reposer dans la chambre où l'ombre, le carrelage, la blancheur des draps donnaient une fausse impression de fraîcheur. J'ai fermé les yeux, j'ai écouté dans le silence le tic-tac d'un balancier. J'avais dit à André : « Je ne vois pas ce qu'on perd à vieillir. » Eh bien ! maintenant, je voyais. J'ai toujours refusé d'envisager la vie à la manière de Fitzgerald comme « un processus de dégradation ». Je pensais que mes rapports avec André ne s'altéreraient jamais, que mon œuvre ne cesserait pas de s'enrichir, que Philippe ressemblerait chaque jour davantage à l'homme que j'avais voulu faire de lui. Mon corps, je ne m'en inquiétais pas. Et je croyais que même le silence portait des fruits. Quelle illusion ! Le mot de Sainte-Beuve est plus vrai que celui de Valéry : « On durcit par places, on pourrit à d'autres, on ne mûrit jamais. » Mon corps me lâchait. Je n'étais plus capable d'écrire ; Philippe avait trahi tous mes espoirs et ce qui me navrait encore davantage c'est qu'entre André et moi les choses étaient en train de se détériorer. Quelle duperie, ce progrès, cette ascension dont je m'étais grisée, puisque vient le moment de la dégringolade ! Elle était amorcée. Et maintenant, ce serait très rapide et très lent : nous allions devenir de grands vieillards.

Quand je suis descendue, la chaleur s'était apaisée ; Manette lisait, près d'une fenêtre qui donnait sur le jardin. L'âge ne l'avait pas diminuée, mais que se passait-il, au fond d'elle-même ? Pensait-elle à la mort ? Avec résignation, avec crainte ? Je n'osais pas le lui demander.

— André a été jouer aux boules, il va revenir, m'a-t-elle dit.

Je me suis assise en face d'elle. De toute manière, si j'atteignais quatre-vingts ans, je ne lui ressemblerais pas. Je ne m'imaginais pas appelant liberté ma solitude et profitant tranquillement de chaque instant. Moi, la vie allait peu à peu me reprendre tout ce qu'elle m'avait donné ; elle avait déjà commencé.

— Alors, m'a-t-elle dit, Philippe a quitté l'enseignement ; ce n'est pas assez bon pour lui ; il veut devenir un gros monsieur.

— Hélas, oui.

— Cette jeunesse ne croit à rien. Il faut dire que vous autres deux, vous ne croyez pas non plus à grand-chose.

— André et moi ? Mais si.

— André est contre tout. C'est ça la faute. C'est pour ça que Philippe a mal tourné. Il faut être pour quelque chose.

Elle ne s'est jamais résignée à ce qu'André ne s'inscrive pas au Parti. Je n'avais pas envie d'en discuter. J'ai raconté la promenade du matin et j'ai demandé :

— Où avez-vous rangé les photos ?

C'est rituel, tous les ans je regarde le vieil album. Mais il n'est jamais à la même place.

Elle l'a posé sur la table, ainsi qu'une boîte en carton. De très anciennes photos, il y en a peu. Manette le jour de son mariage, dans une longue robe austère. Un groupe : elle avec son

86

mari, leurs frères, leurs sœurs, toute une génération dont elle est la seule survivante. André enfant, l'air buté, décidé. Renée à vingt ans, entre ses deux frères. Nous pensions ne jamais nous consoler de sa mort ; vingt-quatre ans, et elle attendait tant de la vie. Qu'en aurait-elle obtenu ? Comment supporterait-elle son âge ? Ma première rencontre avec la mort, comme j'ai pleuré. Ensuite j'ai pleuré de moins en moins : mes parents, mon beau-frère, mon beau-père, les amis. C'est ça aussi, vieillir. Tant de morts derrière soi, regrettés, oubliés. Souvent quand je lis le journal, j'apprends un nouveau décès : un écrivain aimé, une collègue, un ancien collaborateur d'André, un de nos camarades politiques, un ami perdu de vue. On doit se sentir bizarre quand on reste, comme Manette, l'unique témoin d'un monde aboli.

— Tu regardes les photos ?

André se penchait sur mon épaule. Il a feuilleté l'album et m'a désigné une image qui le représentait, à onze ans, avec des camarades de sa classe.

— Il y en a plus de la moitié qui sont morts, m'a-t-il dit. Celui-là, Pierre, je l'ai revu. Celui-ci aussi. Et Paul qui n'est pas sur la photo. Il y a bien vingt ans que nous ne nous étions pas rencontrés. Je les ai à peine reconnus. On n'imaginerait pas qu'ils ont juste mon âge : ils sont devenus de grands vieillards. Bien plus décatis que Manette. Ça m'a fait un coup.

— À cause de la vie qu'ils ont menée ?

— Oui. Être paysan, dans ce coin-ci, ça use un homme.

— Par comparaison tu t'es senti jeune.

— Pas jeune. Mais salement privilégié. Il a refermé l'album : – Je t'emmène prendre l'apéritif à Villeneuve.

— D'accord.

Dans l'auto, il m'a parlé des parties de boules qu'il venait de gagner, il avait fait de grands progrès depuis son arrivée. Son humeur semblait au beau fixe, mes ennuis ne l'avaient pas altérée, ai-je constaté avec un peu d'amertume. Il a arrêté l'auto, au bord du terre-plein planté de parasols bleu et orange sous lesquels des gens buvaient des pastis ; une odeur d'anis flottait dans l'air. Il en a commandé pour nous. Il y a eu un long silence. Il a dit :

— C'est gai cette petite place.

— Très gai.

— Tu dis ça d'un air lugubre. Tu regrettes Paris ?

— Oh non ! Les endroits en ce moment, je m'en fiche.

— Des gens aussi, j'ai l'impression.

— Pourquoi dis-tu ça ?

— Tu n'es guère causante.

— Excuse-moi. Je suis mal fichue. J'ai ramassé trop de soleil ce matin.

— Tu es si endurante, d'ordinaire.

— Je vieillis.

Ma voix n'était pas aimable. Qu'avais-je espéré d'André ? Un miracle ? D'un coup de baguette il aurait rendu mon livre bon, les critiques favorables ? Ou auprès de lui mon échec me serait devenu indifférent ? Il avait accompli pour moi beaucoup de menus miracles ; au temps où il vivait, tendu vers son avenir, son ardeur animait le mien. Il me donnait, il me rendait confiance. Il avait perdu ce pouvoir. Même s'il avait conservé sa foi en son propre destin, cela n'aurait pas suffi à me rassurer sur le mien. Il a sorti une lettre de sa poche :

— Philippe m'a écrit.

— Comment savait-il où tu étais ?

— Je lui ai téléphoné le jour de mon départ pour lui dire au revoir. Il me raconte que tu l'as mis à la porte.

— Oui. Je ne m'en repens pas. Je ne peux pas aimer quelqu'un que je n'estime pas.

André m'a dévisagée :

— Je ne sais pas si tu es de très bonne foi.

— Comment ça ?

— Tu te places sur un plan moral alors que c'est d'abord sur le plan affectif que tu te sens trahie.

— Il y a des deux.

Trahie, abandonnée, oui ; une blessure trop saignante pour que je supporte d'en parler. Nous sommes retombés dans le silence. Allait-il s'établir définitivement entre nous ? Un couple qui continue parce qu'il a commencé, sans autre raison : était-ce cela que nous étions en train de devenir ? passer encore quinze ans, vingt ans, sans grief particulier, sans animosité, mais chacun dans sa gangue, rivé sur son problème, ruminant son échec personnel, toute parole devenue vaine ? Nous nous étions mis à vivre à contretemps. À Paris j'étais gaie, lui sombre. Je lui en voulais d'être gai alors que je m'étais assombrie. J'ai fait un effort :

— Dans trois jours nous serons en Italie. Ça te plaît ?

— Si ça te plaît à toi.

— Ça me plaît si ça te plaît.

— Parce que toi les endroits, décidément, tu t'en fiches ?

— Bien souvent tu t'en fiches aussi.

Il n'a rien répondu. Quelque chose s'était coincé dans notre dialogue : chacun prenait de travers ce que disait l'autre. Finirions-nous par en sortir ? Pourquoi demain plutôt qu'aujourd'hui, à Rome plutôt qu'ici ?

— Eh bien ! rentrons, ai-je dit au bout d'un moment.

Nous avons tué la soirée en jouant aux cartes avec Manette.

Le lendemain j'ai refusé d'affronter le soleil et le crissement des cigales. À quoi bon ? Devant le château des papes, le pont du Gard, je savais que je demeurerais aussi indifférente qu'à Champeaux. J'ai prétexté un mal de tête pour rester à la maison. André avait emporté une dizaine d'ouvrages nouveaux, il s'est plongé dans l'un d'eux. Moi, je me tiens au courant, je les connaissais tous. J'ai examiné la bibliothèque de Manette. Des classiques Garnier, quelques Pléiades dont nous lui avons fait cadeau. Beaucoup de ces textes, je n'avais pas eu depuis bien longtemps l'occasion d'y revenir, je les avais oubliés. Et pourtant j'éprouvais de la paresse à l'idée de les relire. On se rappelle au fur et à mesure, ou du moins on en a l'illusion. La fraîcheur première est perdue. Qu'avaient-ils à m'apporter, ces écrivains qui m'avaient faite ce que j'étais et ne cesserais plus d'être ? J'en ai ouvert, feuilleté quelques volumes ; ils avaient tous un goût presque aussi écœurant que celui de mes propres livres : un goût de poussière.

Manette a levé les yeux de son journal :

— Je commence à croire que je verrai de mes yeux des hommes sur la lune !

— De tes yeux ? Tu feras le voyage ? a demandé André d'une voix rieuse.

— Tu me comprends très bien. Je saurai qu'ils y sont. Et ça sera des Russes, mon petit. Les Amerlos, avec leur oxygène pur, ils ont fait chou blanc.

— Oui, maman, tu verras des Russes sur la lune, a dit André tendrement.

— Penser qu'on a commencé dans des cavernes, avec juste nos dix doigts à notre service, a repris rêveusement Manette. Et on est arrivés où on en est : avoue que ça encourage.

— C'est vrai que l'histoire de l'humanité est belle, a dit André. C'est dommage que celle des hommes soit si triste.

— Elle ne le sera pas toujours. Si tes Chinois ne font pas sauter la terre, nos petits-enfants connaîtront le socialisme. Je vivrais bien encore cinquante ans pour voir ça.

— Quelle santé ! Tu l'entends, m'a dit André. Elle réengagerait pour cinquante ans.

— Pas toi, mon garçon ?

— Non maman, franchement non. L'histoire suit de si drôles de chemins que j'ai à peine l'impression qu'elle me concerne. Je me sens sur la touche. Alors, dans cinquante ans !…

— Je le sais : tu ne crois plus à rien, a dit Manette avec réprobation.

— Ce n'est pas tout à fait vrai.

— À quoi crois-tu ?

— À la souffrance des gens, et qu'elle est abominable. Il faut tout faire pour la supprimer. À vrai dire, rien d'autre ne me semble important.

— Alors, ai-je demandé, pourquoi pas la bombe, pourquoi pas le néant ? Que tout saute, qu'on en finisse.

— On est quelquefois tenté de le souhaiter. Mais je préfère rêver qu'il pourrait y avoir de la vie, sans douleur.

— De la vie pour en faire quelque chose, a dit Manette d'un air batailleur.

Le ton d'André m'avait frappée ; il n'était pas si insouciant qu'il le paraissait. « C'est dommage que celle des hommes soit si triste. » De quelle voix il avait dit ça ! Je l'ai regardé, j'ai eu un tel élan vers lui que soudain une certitude m'a envahie. Nous ne serions jamais deux étrangers. Un de ces jours, demain peut-être, nous nous retrouverions puisque déjà mon cœur l'avait retrouvé. Après le dîner, c'est moi qui ai proposé de sortir. Nous sommes montés doucement vers le fort Saint-André. J'ai demandé :

— Tu penses vraiment que rien ne compte sinon de supprimer la souffrance ?

— Quoi d'autre ?

— Ce n'est pas gai.

— Non. D'autant moins qu'on ne sait pas comment la combattre. Il s'est tu un moment :
– Maman a tort de dire que nous ne croyons à rien. Mais pratiquement aucune cause n'est tout à fait la nôtre : nous ne sommes pas pour l'U.R.S.S. et ses compromissions ; pas non plus pour la Chine ; en France ni pour le régime ni pour aucun des partis de l'opposition.

— C'est une situation inconfortable, ai-je dit.

— Ça explique un peu l'attitude de Philippe : être contre tout, à trente ans, ça n'a rien d'exaltant.

— À soixante non plus. Ce n'est pas une raison pour renier ses idées.

— Était-ce vraiment *ses* idées ?

— Que veux-tu dire ?

— Oh ! bien sûr, les grosses injustices, les grosses saloperies, ça le révolte. Mais il n'a jamais été tellement politisé. Il a adopté nos opinions parce qu'il ne pouvait pas faire autrement, il voyait le monde par nos yeux : mais jusqu'à quel point était-il convaincu ?

— Et les risques qu'il a pris pendant la guerre d'Algérie ?

— Elle le dégoûtait sincèrement. Et puis les valises, les manifs, c'était de l'action, de l'aventure. Ça ne prouve pas qu'il ait été profondément de gauche.

— Drôle de manière de défendre Philippe : en le démolissant.

— Non. Je ne le démolis pas. Plus je réfléchis, plus je lui trouve des excuses. Je mesure combien nous avons pesé sur lui ; il a fini par avoir besoin de s'affirmer contre nous, à tout prix. Et puis tu parles de l'Algérie : il a été drôlement déçu. Pas un des types pour qui il s'est mouillé ne lui a donné signe de vie. Et le grand homme là-bas, c'est de Gaulle.

Nous nous sommes assis sur l'herbe au pied du fort. J'écoutais la voix d'André, calme et convaincante ; de nouveau nous pouvions nous parler et quelque chose s'est dénoué en moi. Pour la première fois je pensai à Philippe sans colère. Sans gaieté non plus, mais paisiblement : peut-être parce qu'André m'était soudain si proche que l'image de Philippe s'estompait.

— Nous avons pesé sur lui, oui, ai-je dit avec bonne volonté. J'ai demandé : – Tu penses que je dois le revoir ?

— Il aurait énormément de peine si tu restais brouillée avec lui : à quoi ça servirait-il ?

— Je ne tiens pas à lui faire de la peine. Je me sens sèche, c'est tout.

— Oh ! bien sûr, ça ne sera plus jamais pareil entre lui et nous.

J'ai regardé André. Entre lui et moi il me semblait que déjà tout était redevenu pareil. La lune brillait ainsi que la petite étoile qui l'escorte fidèlement et une grande paix est descendue en moi : « *Étoilette je te vois – Que la lune trait à soi.* » Je retrouvais les vieux mots dans ma gorge, tels qu'ils avaient été écrits. Ils m'unissaient aux siècles anciens où les astres brillaient exactement comme aujourd'hui. Et cette renaissance et cette permanence me donnaient une impression d'éternité. La terre me semblait fraîche comme aux premiers âges et cet instant se suffisait. J'étais là, je regardais à nos pieds des toits de tuiles, baignés de clair de lune, sans raison, pour le plaisir de les voir. Ce désintéressement avait un charme poignant.

— Voilà le privilège de la littérature, ai-je dit. Les images se déforment, elles pâlissent. Les mots, on les emporte avec soi.

— Pourquoi penses-tu à ça ? a dit André.

Je lui ai cité les deux vers d'*Aucassin et Nicolette.* J'ai ajouté avec regret :

— Comme les nuits sont belles ici !

— Oui. C'est dommage que tu n'aies pas pu venir avant.

J'ai sursauté :

— C'est dommage ! Mais tu ne voulais pas que je vienne !

— Moi ? Par exemple ! C'est toi qui as refusé. Quand je t'ai dit : « Pourquoi ne pas partir tout de suite pour Villeneuve ? » tu m'as répondu : « Bonne idée. Vas-y. »

— Ça ne s'est pas passé comme ça. Tu as dit, je me le rappelle textuellement : « Ce dont j'ai envie c'est d'aller à Villeneuve. » Tu en avais marre de moi, tout ce que tu désirais, c'était de foutre le camp.

— Tu es folle ! Je voulais évidemment dire : j'ai envie que nous allions à Villeneuve. Et tu m'as répondu : vas-y, d'une voix qui m'a glacé. J'ai tout de même insisté.

— Oh ! du bout des lèvres ; tu comptais bien que je refuserais.

— Absolument pas.

Il avait l'air si sincère que le doute m'a prise. Avais-je pu me tromper ? La scène était figée dans ma mémoire, je ne pouvais pas la changer. Mais j'étais sûre qu'il ne mentait pas.

— Comme c'est bête, ai-je dit. Ça m'a fait un tel choc quand j'ai vu que tu avais décidé de partir sans moi.

— C'est bête, a dit André. Je me demande pourquoi tu as cru ça !

J'ai réfléchi :

— Je me méfiais de toi.

— Parce que je t'avais menti ?

— Tu me semblais changé depuis quelque temps.

— En quoi ?

— Tu jouais au vieillard.

— Ce n'est pas un jeu. Toi-même hier tu m'as dit : Je vieillis.

— Mais tu te laissais aller. Sur un tas de plans.

— Par exemple ?

— Tu avais des tics ; cette manière de tripoter ta gencive.

— Ah ! ça…

— Quoi ?

— Ma mâchoire est un peu infectée, à cet endroit, si ça devient sérieux, mon bridge lâchera, il faudra que je porte un râtelier. Tu te rends compte !

Je me rends compte. En rêve parfois toutes mes dents s'écroulent dans ma bouche et c'est la décrépitude qui d'un coup fond sur moi. Un râtelier…

— Pourquoi ne me l'as-tu pas dit ?

— Il y a des embêtements qu'on garde pour soi.

— On a peut-être tort. C'est comme ça qu'on en arrive à des malentendus.

— Peut-être. Il s'est levé : – Viens, nous allons prendre froid.

Je me suis levée aussi. Nous avons descendu doucement la pente herbeuse.

— Tu as tout de même un peu raison de dire que je jouais, a dit André. J'en remettais. Quand j'ai vu tous ces types tellement plus décatis que moi et qui prennent les choses comme elles viennent, sans faire d'histoires, je me suis morigéné. J'ai décidé de réagir.

— Ah ! c'est donc ça ! J'ai pensé que c'était mon absence qui t'avait rendu ta bonne humeur.

— Quelle idée ! Au contraire, c'est beaucoup pour toi que j'ai tenu à prendre le dessus. Je ne veux pas être un vieil emmerdeur. Vieux, ça suffit, emmerdeur non.

Je lui ai pris le bras, je l'ai serré contre le mien. J'avais retrouvé André que jamais je n'avais perdu et que jamais je ne perdrais. Nous sommes entrés dans le jardin, nous nous sommes assis sur un banc, au pied d'un cyprès. La lune et son étoilette brillaient au-dessus de la maison.

— Tout de même c'est vrai que ça existe la vieillesse, ai-je dit. Et ce n'est pas drôle de se dire qu'on est fini.

Il a mis la main sur la mienne :

— Ne te le dis pas. Je crois que je sais pourquoi tu as raté cet essai. Tu es partie d'une ambition vide : innover, te dépasser. Ça ne pardonne pas. Comprendre et faire comprendre Rousseau, Montesquieu, ça c'était un projet concret, qui t'a menée loin. Si tu es de nouveau accrochée, tu peux encore faire du bon travail.

— En gros, mon œuvre restera ce qu'elle est : j'ai vu mes limites.

— D'un point de vue narcissiste, tu n'as pas

grand-chose à gagner, c'est vrai. Mais tu peux encore intéresser les lecteurs, les enrichir, les faire réfléchir.

— Souhaitons-le.

— Moi j'ai pris une décision. Encore un an, et j'arrête tout. Je me remets à l'étude, je rattrape mes retards, je comble mes lacunes.

— Tu penses qu'après ça tu repartiras d'un meilleur pied ?

— Non. Mais il y a des choses que j'ignore, que je veux savoir. Juste pour les savoir.

— Ça te suffira ?

— En tout cas pendant quelque temps. Ne regardons pas trop loin.

— Tu as raison.

Nous avions toujours regardé loin. Faudrait-il apprendre à vivre à la petite semaine ? Nous étions assis côte à côte sous les étoiles, frôlés par l'odeur amère du cyprès, nos mains se touchaient ; un instant le temps s'était arrêté. Il allait se remettre à couler. Et alors ? Oui ou non pourrais-je encore travailler ? Ma rancune contre Philippe s'estomperait-elle ? L'angoisse de vieillir me reprendrait-elle ? Ne pas regarder trop loin. Au loin c'étaient les horreurs de la mort et des adieux ; c'étaient les râteliers, les sciatiques, les infirmités, la stérilité mentale, la solitude dans un monde étranger que nous ne comprendrons plus et qui continuera sa course sans nous. Réussirai-je à ne pas lever les yeux vers ces horizons ? Ou apprendrai-je à les apercevoir sans épouvante ? Nous sommes ensemble, c'est notre chance. Nous nous aiderons à vivre cette dernière aventure dont nous ne reviendrons pas. Cela nous la rendra-t-il tolérable ? Je ne sais pas. Espérons. Nous n'avons pas le choix.

COLLECTION FOLIO 2 €

Dernières parutions

Composition Nord Compo
Impression Novoprint
à Barcelone, le 16 novembre 2020
Dépôt légal : novembre 2020
1ᵉʳ dépôt légal dans la collection : janvier 2018
ISBN 978-2-07-276183-6./Imprimé en Espagne.